おひとりさま家族

大鶴 かずみ
Kazumi Otsuru

文芸社

目次

おひとりさま家族

一、家族

家族について

大学を卒業し、就職して家を出た時から、私は家族から離れ家族を失った、と感じた。就職後、初めての帰省で父母は喜んでいたが、どことなく家の中の雰囲気が違っていた。実家からそれ程遠くない勤務地だったので、帰ろうと思えば毎週でも帰れた。しかし、帰る度に私の居場所が稀薄になり、私は実家でお客さんとなっていった。なるべく理由をつけて帰省回数を減らしていった。

三十四歳の時、私がなかなか結婚しないのを見て、両親が特に母が、実家の近くに土地を買って私自身の家を建てるよう勧めた。それを機に母は私に毎週一回は実家に顔出しすることを強要した。当時、病気がちだった父は入退院を繰り返していたので、日曜日は特別な用事のない限り、父の病院、母へのご機嫌伺いで過ごした。

両親は私にとって大切な家族だった。私は三人姉妹の末っ子で、長姉は佐伯に嫁ぎ、次姉は婿をとって家を継ぎ、私は独りで暮らしていた。次姉は、夫と二人の子供で四人家族をつくり、老いた親の世話もあり自身も働いていたので、一人立ちしている私の事には、さほど気にかけなくても大丈夫だと思っていたのだろう。

家族とは、その中にあって心にへだたりのない関係の小集団を言うのだと思う。家族とは血縁関係というより、互いに思い合う心の絆の関係だと思った。

長姉は離れて暮らしていたが、何事につけ相談したり頼み事をしたりして、一人暮らしの私の心の依り所となっていた。

私が四十二歳の時に父が逝き、十一年後に母も亡くなった。父母という家族を失った私は長姉（以下姉）をますます頼り、何かあると電話をかけ、度々、姉の家を訪ね夜は枕を並べて話をしていた。姉も、私の事を気にかけ、忙しいのに週に一回は必ず電話をくれ、私の安否を気にかけてくれた。

その姉が六十三歳の時、あろうことか肺がんを患っていることが判明した。姉の心中を思えば何もしてやれない自分がもどかしく、ただただ会って話をする事しかできなかった。

姉にとっては最後となった大みそかの日、私は泊まりに行って、姉と姉の夫の三人

実家の家族（次姉の結婚式）

で過ごした。私は、「今より元気にならなくていい。今の状態で来年の大みそかも三人で迎えられるといいね」と言ったが、姉も義兄も来年はないことを知っていたのか。

最後の家族も失った。

喪失感の中で、父母や姉の事を思いながら過ごした二年間、いつの間にか相談相手は義兄になっていた。そしてその後、義兄が夫となって私に新しい家族ができた。父母や姉のお陰だと思っている。

母とバナナ

小学校では、三月はお別れ遠足の季節だ。

私が子どもの頃の遠足は、今のように遠足先で各学年、学級で出し物を見せ合うこともなく、友だちとなわとびをしたり、近くの川や野原で春見つけをしたりすることが楽しみであった。母の心尽くしの弁当も楽しみの一つだった。

当時は、おやつを自分で買いに行くこともなく、母が用意してくれたものを持っていった。その中に、必ずといっていい程、バナナが一本入っていた。当時、私達は大野郡（今の豊後大野市）の片田舎に住んでいて、町の商店街からも遠く離れていた。

母は、どうやってバナナを手に入れていたのだろうと思う。多分、年に何回か別府市からやって来ていた、行商人のおばあさんに頼んで買っていたと思われる。

晩年、母は糖尿病を患った。食事の量や品数を極端に減らし、ごくわずかな物しか口にしなくなった。その中で、りんご数切れと、バナナ入りホットケーキだけは、身体にいいと信じ、それも少しだけおやつとして食べることを自分に許していた。当時、勤めていた私は、その二品を毎日曜日、母に届け、話し相手をした。

料理上手で食べる事が大好きだった母。栄養学の研究が進んだ今なら、糖尿病改善の食べ物をいろいろと食べさせてあげられたのに、と思う。

天国に行って母に会ったら、「ありがとう。ごめんね」と言いたい。

骨は太平洋に　遺志貫きたい

父と母の死に立ち会った。父は、「みとってくれてありがとう」と言い、母は、「こんなはずではなかった」と言ったと思う。

二人とも、没年は八十四歳だった。年に不足はないと世間は言うけれど、子としての立場からみると「もう少し」と思うのは人情であろう。両親とも、仲良くかどうかは知らないが今、一つの墓に入っている。

母は生前、独り身の私を案じて、一つ墓に入るよう取り計らってくれた。とんでもない！　死んでまで母の、両親の支配の下に置かれたくない。私は死後、遺骨を太平洋にばらまいてくれるのを望んでいる。葬式に関しては、私の血縁の者が好きにすればよい。それだけの費用は残しておこう。しかし、父母の葬式を見た限り、生前の彼らの遺志がどこまで生かされたか分からない。それなら私は、自分の葬式はどうでもよい。葬式後、私の遺志を生かしてほしい。

地鶏すき焼き　父母の愛知る

子どもの頃は肉を食べる機会があまりなかった。年に一回、必ず口に出来たのが大みそかの地鶏のすき焼き。犠牲になる鶏はわが家で飼っていた雌で、卵を産めなくなった鶏だった。

私が毎日餌の草を取りに行き、ぬかをまぶし、世話をしていた鶏である。父が鶏をしめるのを見て、かわいそうにという思いと、今夜のごちそうという思いが交錯していた。母は鶏を、食べられる部分はすべて利用した。鶏の内臓のおいしさはそのときには分からなかったが、最近になって、地鶏を出す店で食べて理解できた。

父にしても、鶏をしめるのはしのびなかっただろうし、喜んでする仕事ではなかっただろう。しかし、そのおかげで「命の尊さ」を知ることができた。

子どもの頃の地鶏のすき焼きは、父母の愛と生きとし生けるものの命の大切さを教えてくれた味である。

天国のレオちゃんへ

昨年の六月一日。動物病院から「レオちゃんの容体が急変して、先ほど亡くなりましたので、すぐに来てください」との電話を受けたとき、お母さんは体が震えて「すぐに行きます」と返事するのがやっとでした。

レオちゃんとは、私が飼っていた猫です。

レオちゃんは生まれて一カ月ほどで、お母さんの家にやって来ましたね。夜は一緒に寝て、お母さんの胸の辺りをかわいい手でもみもみしていました。

お姉さん猫のニィーニがなかなかレオちゃんを受け入れてくれず、猫パンチで攻撃するので、いつもはらはらしていました。しかし、いつの間にかお互いを受け入れて

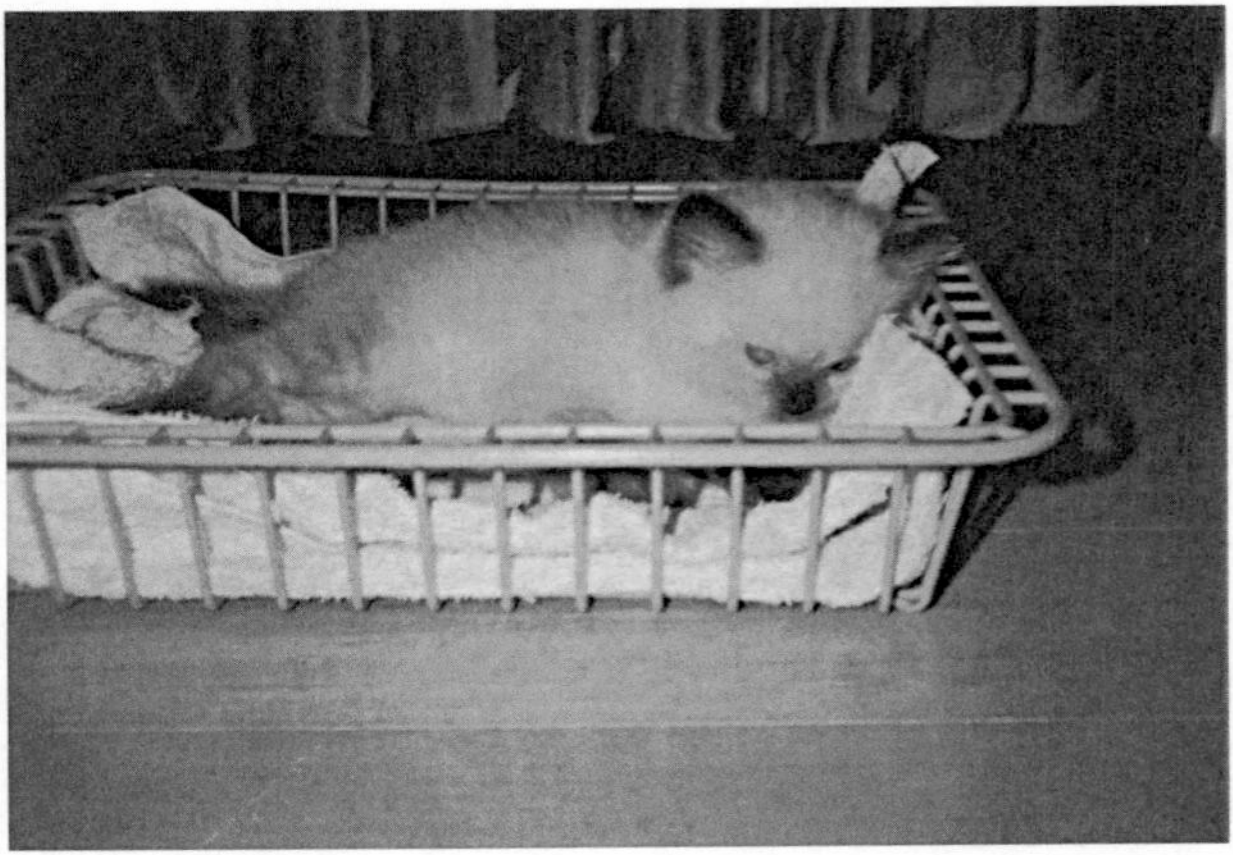

わが家に来たばかりのレオ

いたので、本当に安心しました。

しばらくは二匹の二世を期待していましたが、それもかなわず、二匹と一人の暮らしが続きました。

あなたが天国に行ってから、ニィーニは昼は猫部屋、夜はお母さんの居間で過ごしています。ニィーニも十七歳。おばあさんになり、目や歯が悪くなっていますが、まだまだ元気です。

レオちゃんもニィーニに会いたいでしょうが、今しばらく天国で見守っていてください。

衣食は不自由でも温かな家

私は昭和二十四年に生まれた。戦後まもない幼年期は、衣食に不自由した。「五円の天ぷらを一枚全部食べてみたかった」と、今は亡き母はよく言っていた。

春は山菜をとって副食を補い、秋は庭の柿の実をおやつにし、縁の下で飼っている鶏の卵や肉をごちそうとした。

母の縫ってくれた寝間着で手縫いの布団に休み、綿入れのはんてんで寒さをしのいだ。今ほど便利ではなかったが、自然の豊かさと家庭の温かさにあふれた時代だった。

昭和六十三年の暮れ、天皇陛下のご容体悪化が報じられた頃、父も病気がちで入退院を繰り返していた。昭和天皇が崩御されて間もなく、父も亡くなった。私にとっては、昭和は父との思い出の時代であった。

親不孝な娘でごめんなさい

天国の母上様

三男だった父が一家を成し、生前に自分たちのお墓を建てる時のことでした。ずっと独身を通している私を心配し、お墓の費用の一部を私も負担するということで私の死後の行き場を確保してくださいました。

私はそれに反発して「お墓になんか入りたくない。死んだら骨を海にまいてもらう。世界旅行が夢だから、波に乗って世界中を回りたい」と言ってあなたからひどく叱られました。

でも、考えてみてください。お墓に入って、ほとんど血縁のない子孫から拝まれて

母（右）、親戚の子と

も尻こそばゆいばかりです。それどころか、生きていた間だけでなく死んだ後までもあなたのそばにいるかと思うと、窮屈でうっとうしく感じます。

親子という関係は、死んでからも続くのです。むしろ死後の世界は永遠だと考えると、私は永遠にあなたに仕えることになります。

親不孝でごめんなさい。でもやっぱり私は死後は千の風になって、世界中を飛び回りたい。そして、安らぎを求めて時々あなたのそばに帰ってきます。

姉の闘病生活

一昨年の夏、姉が肺がんにかかっていることが分かった。半月後に治療を始めたが、その間にもがんが進行するのではないか、余命はどのくらいかと、姉はおびえていた。連れ合いの生活や治療の副作用など、姉だけではなく家族や私も眠れない日を送った。

治療が始まると発熱や脱毛といった副作用に見舞われ、姉は体力、気力を失いそうになることもあった。

「なんでこんな病気にかかったのかなぁ」と口にする姉。私にできたことは、ただ寄り添って、励ますことだけだった。

病院を出るときは、死んだとき。姉は、そう覚悟していたようだった。その年の十一月に治療が一段落して退院できたとき、姉は涙を浮かべながら先生方にお礼を言っていた。ところが年が明けるとまたがんが動きだし、新しい治療を始めることになった。そして昨夏、姉に合った薬に巡り合い、今は自宅療養をしている。

この一年半は、姉にとってつらい日々の連続だった。これからも予断を許さないが、得るものもあったような気がする。

毎日欠かさず病院に通っていた姉の夫。友人や昔の知人の見舞い。がんの恐怖と闘いながらも、姉は自分を支えてくれる周りの人への気遣いを忘れなかった。姉には、細く長く、しぶとく生きてほしい。

姉

入院中の姉から「かわいい袖無しをもらいました」と、メールが入った。病院へ行ってみると、藍地に梅の刺しゅうが入った、手縫いの綿入れ袖無しはんてんがそばに置いてあった。教員在職中に姉が受け持った子どものおばあちゃんから頂いたという。

おばあちゃんとは特に面識もなく、ただ孫を受け持ったというだけなのに、病院で寒かろうと一針一針縫ってくれたおばあちゃんの心が伝わり、ジンと来た。その日の姉は「今日は泡風呂に入った。看護師さんが五人も付いて、殿様気分じゃった」と、うれしそうに報告した。何カ月ぶりの入浴だっただろうか。家ではシャワーが精いっぱいで、それも入院前は体をふくのもやっとだった。

この先の状態を考えると気持ちが暗くなることも多いだろうに、姉はいろいろな人の励ましやお世話をありがたく感謝しながら受け止めている。そんな姉を見て、私も周りの方々に「ありがとう」と言うことしかできない。

ありがとうございました

姉が彼岸に旅立ちました。二年九カ月の肺がんとの闘いでした。

この間《かん》、私は時間の許す限り、姉と語り合ってきました。早くに逝った両親のこと、子どもの頃の遊びや、貧しかったけれど心は豊かだった生活のこと、姉の趣味だった小物作りのこと、一緒に行った海外や国内旅行のこと…。

姉・幸子（右）と私（左）、姪の結婚式に出席して

新聞でも姉夫婦のことを取り上げてくださいました。記事のおかげで、さらにたくさんの方から励ましの言葉を頂き、感謝しています。

姉は逝ってしまいましたが、姉のおかげで私は多くの友人を得ました。食欲のない姉に、毎日、姉が好みそうな惣菜を持ってきてくれた友人たち。姉だけでなく、看護に疲れている義兄の世話までしてくださった近所の方々。「苦しかったら我慢せんでいいよ」と、親身に世話をしてくださった看護師の皆さん。今まだ、私の胸の中に姉が住んでいます。姉を支え、励まし続けてくださった皆さん、本当にありがとうございました。

姉の不在に心がうつろになる

私が退職したら、姉夫婦と三人であちこち旅行しようと以前から話し合っていた。しかし三年前、その姉ががんにかかっていることが判明した。

今年の正月は義兄の家で、姉夫婦と三人で過ごすことができた。しかし姉の病状は次第に悪くなり、二月下旬、とうとう最後の入院となった。私は三月の定年退職に向けて仕事を整理しながら、週一回、病院に通った。

三月三十一日に三十八年間の教職生活を退くと、四月一日から病院に泊まって姉の看護をした。しかし四月二十日、姉は不帰の人となった。

姉の生前、私は退職後には毎日近所のお宮へのお参りを兼ねた散歩をする、習字や英語を習い自分を磨く、と姉に公約していた。姉は「実行せにゃ何にもならんで」と言った。

六月から地域の公民館で習字を習い、週に一回英語教室に通い、英検の準一級を目指している。どちらも先生が親切で丁寧に教えてくれ、共に学ぶ仲間もあれこれとアドバイスをしてくれる。

姉が勧めてくれていたスペインにも行って、姉の大好きなジャカランダの花も見てきた。

でもこの一年は、何でも相談していた姉がいなくなって、心が時々うつろになる。

断捨離

「断捨離」がはやっている。私も昨年定年退職してから家を片付け始め、三十八年間にたまった物を整理するよう努力した。

19年間共に過ごし、私を慰めてくれたニィーニの子どもの頃

しかし、五年前に死んだネコのニィーニのベッドが捨てられない。十九年間共に暮らし、私を慰めてくれたニィーニは、十二月の霜が真っ白に降りた朝、私の腕の中で旅立っていった。

昨年の四月、最愛の姉ががんで逝った。その姉の携帯電話番号が消せない。姉と交わしたメールが消せない。電話をかければ、姉が「どうしたん?」と、出てくれそうにある。メールを送ると「元気だよ」と、返事が来そうにある。

二十年前亡くなった父が、母と結婚する時に持ってきたという水盤が、捨てられずに家の隅に置かれている。

母の形見の指輪が古くなったので、私の好きなブレスレットにリフォームした。「母ちゃん、ごめん」とつぶやいて、宝石店に預けた。

愛した人たちが残したものは、「断捨離」できない。

亡き父に食べさせたいアジ鮨

二十数年前の春、長い闘病生活を続けていた父は、体力も食欲も落ちていた。ある日、父の好物のアジ鮨《ずし》を作って持って行くと、「久しぶりに食べ物の味がした」と喜

出征した父（右）、戦友と

んで食べてくれた。それから間もなくして父は亡くなった。

アジ鮨は私の得意料理の一つである。秘密の一つは黄金比の合わせ酢である。これは今は亡き姉に教わって、ノートに大事に書き留めてある。今一つはアジの下ごしらえにある。誰かに教わったのか、料理番組で見たのか定かでないが、三枚におろしたアジをしばらく塩水に漬けておくのである。

塩加減はアジの大きさと漬ける時間によるが、塩をまぶしておくより柔らかな感じに仕上がる。私は一晩漬け込むので海水の塩加減にする。翌朝皮をはいでさっと酢にくぐらせるだけ。すると背の部分がピカピカと光る。知人が家で作って家族に出したら、「買ってきたのか」と言われたそうだ。

昨年の夏、暑かったので塩水に氷を入れておいた。翌朝取り出してみると、アジの身がピリピリと洗いのように締まっていた。私のアジ鮨はさらにバージョンアップしたのだった。このアジ鮨を天国の父に食べさせたい。

天国の姉ちゃんへ

あなたが逝って二年が経《た》ちました。あなたを失った悲しさは、時が癒やしてくれると思っていましたが、日々寂しさが募ります。先日とても嫌なことがありました。でも、あなたに聞いてもらえないので、兄さん（義兄）に「姉ちゃんがいないのがとてもつらい」と愚痴ると、「つらいのは姉ちゃんの方だよ。死にたくなかったのだから」と諭されました。残された人もつらい、死んだ人もつらいと思いました。

悲しい知らせがあります。姉ちゃんがかわいがっていたコーギーのキンタが、リンパ節のがんにかかりました。会いに行くたびに痩せて元気がなくなります。兄さんは落ち込んで、自分もがんになった方がいい、などと言いだしました。私はキンタが兄さんの病気の身代わりになって、引き受けてくれたのだと言いました。

キンタだけでなく、私たちもいずれそちらに行きます。姉ちゃんが迎えてくれると思うと心強いです。

二、生きるということ

生きるということについて

退職してから書道を始めた。十年たってやっと、少しだけ、書のおもしろさが分かりかけてきた。書いてみたいと思う字にも出会った。隷書もその一つである。ある展覧会に出品するのに、「吾道一以貫之」という孔子の言葉を隷書で書くことにした。

これは、「吾が道は、一《いつ》を以《もっ》て之を貫く」と読む。「私の道は、ただ一つのことで貫かれている」という意味で、孔子が高弟の曾参に語った言葉である。孔子が貫いているのは、忠恕であると、曾参は解釈した。

「忠」という字は「口」と「心」から成るつまり、口で言っている事と心で思っていることがひとつである。裏表のない正直で誠実なおもいやりの意である。「恕」という字は「如（ごとし）」と「心」から成る。これは相手のことを「我が事の如し」と思う心、まごころの意である。即ち孔子は「生涯をおもいやりとまごころで貫いて生きていく」と言ったのだ。

この文字を書きながら、さて、私は何を貫いて生きてきたのかと考えた。貫いたものがあったのかとも考えた。

私の生きてきた道は恥ずかしいことばかりだった。あんなこと、言わなければよかった、しなければよかったと後で思い、そのことがなかなか頭から離れない時がしばしばだった。それで「自分に恥じない生き方をしよう」と心に決めた時もあった。

しかし、これを貫くのは難しい。人並に五欲はある。自慢したつもりでないのに、自慢ととられ、やっぱり自慢したのか、と、思ったこともあった。自分より先に昇進した人をやっかみ、あがいたこともある。つまらぬ嘘をついたこともある。礼を失したこと、心の中で人を見下したこと、人の悪口を言うこと、等々。徳のある、品性のある人間とは程遠い人生だった。

「吾が道、恥無き人生を求めて生きる」を貫きたい。

マイ・ターン（私の番）

近所のおばあさんが亡くなった。八十七歳だった。倒れる直前まで元気で、知人宅を訪れていて、数時間後に帰らぬ人となった。

私の父は七年前に八十四歳で亡くなった。晩年は病院を出たり入ったりの繰り返しだった。

若い頃、結核を患った父は、肺がんにかかることを最も恐れていた。その父が胃がんと分かった時、私たちは病名を偽って父に接した。

いずれ訪れる死だが、死の恐怖から父を守ってやりたいと思った。父を見舞い、父を励ましながら、目前ではないにしても、決して遠くはない死をどうやって父に告げるか、それが問題だった。

しかし、現実には私たちの苦悩はあっけなく解決した。父に新しく喉頭がんが見つかり、放射線治療を受けることになったからだ。父は自分ががんであることを悟り、以来二度と病名を口にすることはなかった。口にして確かめることが私たちを苦しめることになると分かっていたからであろう。父の潔さは父の苦しみであった。

死は必ずしも順番にくるとは限らない。今はユア・ターン（あなたの番）だが、いつマイ・ターンになるか分からない。いかに死ぬかが、いかに生きるかがその人の生きざまとなる。私の生きざまをあらためて考えさせてくれたおばあさんに合掌。

今年の夏は……

昨年の今ごろは、ロンドンの語学学校に通っていた。ここ十年ほど、夏は海外の語学学校に通ったり、ホームステイしたりして、英語の勉強に励んできた。帰国時にはいろいろな国の友達と住所交換をし、実りのある夏を過ごしてきた。

ところが今年は仕事の都合で日本を離れることができない。さてどうしたものか。

昨年の夏知り合った友人の一人に、スウェーデン人の歯科医ソリニラがいる。彼女はわずか八カ月で英語を身に付けたそうだ。彼女は毎日、夕食後から午前零時まで、英語のテープを聴きながら独学で勉強したという。

私の場合、英語圏の国に出掛けられないのなら、英語環境を私の周りにつくるしかない。私もソリニラのように独学で勉強しようと、本とCDを買った。意志の弱い私が、どこまで頑張れるか……。

言うは易く、行うは難し。でも、ここでこれだけ公言すれば、自分で自分を追い込んでいくかも。

十九人との出会い

私は昨年の春、ふるさとの小規模校に赴任した。全校児童数十九人の学校である。全員が私のかわいい受け持ちの子どものように思え、全員に年賀状を出した。すると、ある男の子から「猫が死んで悲しいと思いますが、がんばってください」という返事をもらった。

私の年賀状には「昨年、六月に愛猫レオがあの世に旅立ちました。ニィーニと二人で折に触れてはレオをしのんでいます」と書いてあっただけだ。それを読んだ彼は私の寂しさを読み取り、元気づけてくれたのだ。彼の返事を読んだ時、私は初めて私自身の気持ちに気づかされた思いがした。

十九人の子どもたちは、さまざまな場面で私を感動させてくれる。夏の暑い盛りの中、汗を流しながらプランターの土作りをする六年生。運動会で、六年生に負けまいと大声を出して演技する真剣な一年生の顔。文化祭で少人数ながらきれいなハーモニーで歌う三年生。珍妙な英語劇で大笑いさせてくれた四、五年生。

何よりもうれしいのは、この学校に赴任してきて優しくなった自分を発見したことだ。笑う事はあっても、叱る事が一度もない。

十九人の子どもたち、私を優しい人にしてくれてありがとう。

自分に恥じぬ人になること

今から三十八年前の自分の成人式の頃を思い出すと、顔から火の出る思いがする。年だけは二十歳になり、世間からは大人扱いされるようになったが、精神がついていかなかった。若いだけで傍若無人の言動をしてきたように思える。

昨年は「品格」がいろいろと取りざたされた年だったが、二十歳の頃の私は世間知らずの小娘で、自分の確たる考えを持っていなかった。ただ、友達と騒ぎ、親に反抗した。他人には厳しく、自分には甘く、学ぶことより遊ぶことを優先して、毎日を楽しむことを追い求めていた。

では、五十八歳になった今の自分はどうであろうか。

改まった場で話をするときに型通りの挨拶がきちんとできているか。人の見ていないときでもきれいな所作ができているか。

そして、人から信頼される人間になっているか。上下の隔たりなく、丁寧に接しているか。自分を甘やかさず努力を続けているか。

「品格」にはほど遠い毎日を過ごしている自分に汗顔の至りである。

成人とは国家に税金を納める人となるだけでなく、自分に恥じない人間になることだと最近、痛感している。

言葉でなく心寄せて

「千の風になって」がはやった時、心を打つ素晴らしい歌だが、あまりにも身につまされて、つらくて聴けない人がいるのではないだろうか、と思った。

映画「おくりびと」が米アカデミー賞で外国語映画賞を受賞し、日本人としては喜ばしい限りである。しかし、現在闘病中の人やその家族は、どんな気持ちであのシーンを見ているだろうかと、胸が痛む。

私たちは、想像力や自分の過去の経験・体験で、他人の痛みやつらさを推し量ることはできるが、その人の生の思いを丸ごと共有することはできない。どんなにかきつかろう、つらかろうと想像できても、痛みを代わってあげることはできない。

私たちができることは「頑張って」と言うのでなく、一緒に「苦しいね、つらいね」と寄り添ってあげることだと感じる。千万の言葉より、黙って手を握り締めてあげることが大切なのだと思う。

品位分かる車の離合

私の通勤路の途中に、車が一台しか通れない個所がある。その個所は自動車学校のクランクのようになっていて、縦軸の部分が約百メートルはあるだろうか。そのちょうど真ん中辺りがやや広くなっていて離合ができる。私はその道路を勝手に、心の駆け引き道路と名付けている。

縦軸に入る前に、中央の離合部分まで差し掛かる車を見ると、縦軸に入らず入り口で待つ。お互いに縦軸に入りかけていれば、中央で離合できるように間合いを計りながら走行する。そして、待たせた方が待った人へ手を上げるなり、軽く礼をするなりして感謝の気持ちを表す。

ところが、こちらが中央部分に差し掛かっているのに、強引に入ってくる車が時たまある。そんな人に限って礼をするマナーを知らない。反対に、相手の方が優先だと思われる時にじっと待っていてくれる人もいる。

自己中心の走行は、わずかな得で品位を失うという大きな損をしていることに気づいていない。残念である。

呼び方一つにその人の品位

名前を知らない人や初めて会った人に呼びかける時に何と呼ぶかは、迷うものである。

私は、行きつけのガソリンスタンドで「お母さん」と呼ばれるのが嫌で仕方がない。私は単なる客なのだから、「お客さん」でいいと思うのだが。

しかし、同じ失敗を私も以前したことがある。新聞の集金にくる老婦人を、「おばあちゃん」としばらく呼んでいた。相手の表情が硬いのに気づいて、それからは「奥さん」と呼ぶことにしたが、それも適当だったとは言い難い気がする。

タイで現地ツアーに参加した時のガイドさんの呼び方がすてきだった。点呼の時に「ワンファミリー、スリーカップルズ、ワンレディー……」と、一人参加の私を「レディー」と呼んでくれたのだった。

タクシーの運転手は「マダム」と呼んでいたが、マダムは英語やフランス語では既婚女性のことをさす。年は取っても独身の私にはマダムはなじめない。

ガイドさんの「レディー」は日本語の「ご婦人」に当たるのだろうか。相手の呼び方一つにもその人の品位が感じられるものだとつくづく思った。

有意義……一人の時間

8月21日付の新聞で見た「〝おひとりさま〟事情」を読んで、私はうれしくなった。女性の一人行動が社会に認められつつあるようだ。

私は在職中、給料日は、自分へのご褒美に、おいしい物を食べに行くようにしていた。友達が一緒のこともあったが、都合がつかない時は一人で行った。ある給料日の帰り、ジャージーに着替え、気合を入れて焼き肉店に行ったところ、お店の人から「よく一人で焼き肉を食べられるねえ」と言われた。その店には二度と行かなかった。

一人で過ごす時間は「自分と向き合う時間」と書かれてあったが、その通りである。友達とわいわい言いながら行動するのも楽しいけれど、一人でじっくりと飲むお酒や、ぼんやりと車窓から景色を楽しむのも心が癒やされる時間である。

海外派遣でフィレンツェへ行った時、交流会で居合技を披露

ただ旅行に関しては、一人での参加を受け付けてくれないツアーもある。しかし、記事のように一人行動が広がれば、それも改善されていくであろう。

詩

老いるということ

老いるということ
それは
眼が悪くなるということ
針に糸が通らなくなること
歯が悪くなるということ
たくあん漬けを刻んで食べるようになること
足が弱くなるということ
小さな石ころにつまづくようになること

老いるということ
それは
涙もろくなること
新聞のお悔やみ欄を
丹念に見るようになること
一日、一時間がゆっくり過ぎ
一週間、一ケ月があっという間に過ぎること
気が長くなり我慢強くなること
ま、いいかと気にしなくなること
薬を飲んだか、忘れるようになること
あれよ、あれ、と、時々失語症になること
子どもの頃が無性に懐かしくなること

老いるということ
それは
生きているのもいいもんだ、と時々思うこと

ひなを抱く黒鳥（イギリスで）

地球さん「ごめんね」

朝、大気が暖まるのを待って散歩に出掛ける。それでも極寒の朝は、日陰に霜が残っている。

そんな寒い朝でも、散歩途中の川の浅瀬では、名前の知らない鳥が餌をついばんでいる。また、数羽のカモが流れに身を任せている。おしゃべりスズメたちは、霜の降りた枯れススキの上で体を膨らませながら朝の挨拶に忙しい。

庭では、年末につぼみを付けたボリジが、連日の霜でやられてしまった。つぼみのないボリジだけが、どうにか耐えている。ワサビ菜やイチゴは、葉を放射状に広げ、太陽の光を少しでも浴びようとしている。パンジーは葉を赤くして毎朝、パリンと凍り、日中の温度の緩みで一息つくことを繰り返している。

そんな中で、人間（私）だけがこたつに入り、ストーブをたき、エアコンをつけてぬくぬくとしている。そして、電気代の請求書を見て不平を言う。地球さん、ごめんなさい。

「Xデー」その日まで

知人の義理のお母さまが亡くなり、葬儀に参列した。がんで二年間の闘病生活を送られたという。一時回復したようだが再発し、不帰の客となった。

葬儀の最後に、遺族を代表してご主人が挨拶された。「ことしのお盆を迎えられるかなあ」と言っていたという話に胸を突かれた。保健師として活躍され、まだまだこれからという時に人生を閉じなければならなかった故人の思いは、想像に余るものがある。

生きているものは、いずれ死を迎える。その「Xデー」に向かって、われわれは日々を過ごしている。しかし、自分のXデーがいつかは誰も知らない。知らないから、まだ先のこととして安穏と過ごすことができる。

自分自身のXデーもそんなに遠くはないと思いながらも、その日までどう過ごすべきか、と考えている。

こだわりを捨てる勇気

荒天など悪条件下で山に登るのは勇気が要るが、登山を中止するのはもっと勇気が要る――。ある登山家がそう語っていたのを何かの本で読んだことがある。

先のフィギュアスケートのグランプリシリーズＮＨＫ杯やロシア杯での浅田真央選手を見て、その登山家の話を思い出した。浅田選手といえば三回転半ジャンプ。皆が期待し、本人もずっとそれを跳ぶことにこだわってきた。そのために不調の時期が続き、彼女の顔から笑顔が消えていった。

しかし、今年は違う。自らの判断で三回転半を二回転半に変えた。三回転半が跳べる人だけに、その選択には「勇気」が必要だっただろう。だが、その結果、演技全体が向上した。そして、彼女自身も一回り成長したように感じる。

目標を高く持つことは大事だが、それだけにこだわると、かえって失うものがあるということを、若い彼女から教えられた思いがする。

心に寄り添える人に

先日、俳句の勉強会で講師の先生から一文字の大切さを教わった。「寂しい」と漏らす人に、「寂しいの?」と返してあげると寄り添った声掛けになるという話だった。

それを聞いて、父が病気で苦しんでいた時のことを思い出した。我慢強い父が「痛い、痛い」と言うのに、私はどう対処していいか分からなかった。何かの本に、病人が「痛い」と言ったときに「我慢しなさい」と返すのは酷であり、「痛いなあ」と苦しみを共に分かち合うことで病人の心は癒やされる――とあったのを思い出した。それからは父が「苦しい」と言えば、手をさすりながら「苦しいなあ」と答えることにした。

「……の」「……なあ」の他に「……ね」も、相手の心を受け入れる言葉に変身させてくれる。「悲しい」と言う人に「悲しいね」と返すことで相手の悲しみを共有することができる。

人の心に寄り添う言葉が、さらりと出る人になりたい。

心穏やかな日はまだ

沖縄県・八重山諸島の由布島や竹富島で水牛車に乗ってきた。子どもの頃、農家で見た牛の澄んだ瞳をいまだに覚えている。水牛の瞳も穏やかだった。

一台の水牛車に十五人ほど乗ることができる。車の重量は一トン前後だろうか。牛使いが三線《さんしん》を弾きながら歌う島唄を聞きながら、ゆっくりと揺られて進む。はた目にはのんびりした光景だ。

仕事を終えた水牛は水を掛けてもらい、餌をはむ。慌てず、騒がず、のんびりと。水牛にも喜怒哀楽はあるだろうが表面的には分からない。きつい仕事にもごねず、おいしい餌にもガツガツしない。南の島の時間は緩やかに流れていた。

英国の牧羊地でもヒツジたちは思い思いに寝そべったり、草をはんだりしていた。悩みとは無縁のようだった。退職して五年。ストレスは減ったはずなのに、まだまだ水牛やヒツジのように心穏やかに過ごせてはいない。

バスでモロッコの山越えの途中

相撲の美学

平成二十七年の大相撲、楽日の遠藤・妙義龍戦は興味深かった。白星の少ない者同士の戦いであったが、共に脚に故障を抱えての取組でもあった。

今場所の遠藤は序盤から元気がなく、日を追う毎に右脚を庇っているのが見てとれた。しかし、テープを巻くでなく、痛みを顔に表すでなく淡々と負けを重ねていった。楽日は意を決したかのように戦い、勝った後もやっとの思いで立ち上がりながらも痛みをこらえていた。二人の戦いは、さながら手負いの獣同士の生死を賭けた戦いのように見えた。

遠藤が弱みを見せず、泣き事を言わないのは彼の相撲への美学であり、信念であったのだろうか。戦争以前の日本人が持っていた誇りを貫き通そうとしているのだろうか。

年齢がいってからの今年の嘉風の活躍ぶり。北の湖理事長の急逝、六十二歳といえば現在ではまだまだ若い。人の生きざまはどうあるべきか、それなのに人生はいかに儚いものか、考えさせられた九州場所であった。

心に残る選手の言葉

フィギュアスケートの羽生結弦選手が、五輪で二連覇を成し遂げた。本人はもちろん日本中、世界中の人が注視する中での快挙だった。けがで競技から離脱中の不安、苦しみは想像するに余りある。復帰できる保証はどこにもないのだから。

新聞の記者会見記事を読んで、彼の二つの言葉が心に残った。一つは「それだけスケートにかけ、いろいろなものを捨てた」だ。子どもの頃からスケートに打ち込めば、したくても諦めなければならなかったことは、多かったことだろう。

二つ目は「本気で一位を目指している人を手助けしたい」という言葉。人は小さい頃から夢を持つ。「五輪で金メダルを」と夢を描く若者も少なくないだろう。しかし、それを実現できる人はどれほどいるだろう。やはり本気で取り組む人に限られるのではないか。

羽生選手の言葉は、人の生き方の一端を示唆しているように感じる。

人生で大切な引き際

引き際は人生で、とても大切だと考えている。特に社会的に何らかの地位にあった人の引き際は、周りの人たちに影響を及ぼすことが多い。潔く退くことができず、周囲に迷惑を掛けている人をたまに見掛けると、残念に思う。

平成の天皇陛下の退位のご決断は、大変見事だと感じている国民が多いのではないだろうか。憲法にのっとり、国の象徴としての職務を、常に国民に寄り添って果たしてこられた。その姿勢を貫いて退位されようとしている。

「平成」の時代が終わるのに合わせ、引き際を考えている人もいるのではないだろうか。先日、高い人気を誇る男性アイドルグループが、来年十二月に活動を休止すると発表してファンらに衝撃を与えた。

彼らの場合は、いろいろな事情があるので活動を休止するのは二年も先なのに、なぜこの時期に発表したのだろう。時代の変わり目と引き際。きれいに決めてほしい。

平成の時代

昭和六十三年、昭和天皇のご病状を父の病室で共に見守った。その父が平成二年に亡くなった。十二年後、平成十四年に母が亡くなった。更に八年後、平成二十二年、母親以上に頼りにしていた姉が、六十五歳、肺がんで逝った。平成は、私に様々な思い出を残してくれたけれど、一番は愛する家族との別れの時代であった。

若い頃は死が怖かった。死にたいと思う時もあったけれど、辛くても生きてきた。しかし、父や母、姉の死に立ち会い、悲しみを乗り越える度に、死への恐怖は薄らいできた。どんなにあがいてもいつかは死ぬ。死は怖いが、あの世には会いたい人が待っている。それまではなるようにしかならない時の流れに従うしかない。

いつ訪れるか分からない死までは、いくばくかの時がある。平成の残りの時と、その次に来る新しい御世をいかに生きるか。平成の天皇皇后両陛下の生き方に学び、その日までは、私のできることをして過ごしたい。

三、旅行

旅行について

飛行機の中で
ホテルの中で
クルージングの船の中で

パンを焼くにおいで目覚める
今日が始まる
旅の一日がスタートする

小学校六年生の時、国語の教科書に紀行文が載っていた。どこか、中央アジアの砂漠地帯を行く話だった。荒涼とした景色が続く中を旅する話だったと思う。なぜか私の心に響くものがあり、成人したら行ってみたいと思った。この著者の職業が新聞記者とあったので、卒業文集に「大きくなったら新聞記者になりたい」と書いた。

成人して、就職して、海外旅行の夢はいつしか忘れていた。四十代になって初めて「桂林・広州・香港」の旅に行った。そこで目覚めた。三度目の海外は、アメリカでの三週間のホームステイだった。風景、食べ物、人間、考え方……今までにない世界にはまってしまった。

海外での現地の観光や食べ物はツアーで充分満たされる。でも私は現地の人々との交流を求めて、できるかぎりホームステイを選んだ。仕事が、小学校の教員だったので夏季休業中は、それがなんとか可能だった。すばらしいホストマザーとその家族との交流は、人種の違いを超えて人間としての考え方をグローバルな見方に広げてくれた。

しかし、短期の旅行、特に英語圏でない国の旅行は、旅行会社のツアーを利用した。

何回、旅をしただろう
何ヵ国、まわっただろう

アメリカにて、ホストマザー・ジャニス（左）とジャニスの妹（右）

どこに行っても家がある
建物がある

山間《やまあい》の、農家風の家
絵本を見るような、北欧のかわいい家
戦後まもない頃の日本を思い出させる
田んぼに囲まれた家
一度は住んでみたいと思わせる別荘風の家
広大な荒野の中の手造りの家

都会の高層マンション
ビル街
ビルの谷間の小さなビル
ビルの上にも小さな家がある

家があれば、ビルがあれば
人がいる、生活がある
人々の思いがある、思考がある
喜びや悲しみ、怒り、泣き笑い
諦め、悟り
生きて躍動する感情がある

旅をして、そんな人々の生命力を感じるのが好きだ

「お花畑」延々二、三〇〇キロ

オーストラリアの西部には、桜前線ならぬ〝ワイルドフラワー前線〟がある。今夏の終わり、オーストラリアの友人トムのおかげでワイルドフラワー前線を体験できた。

朝七時半、私の宿泊先のホテルにトムが迎えに来てくれた。彼は４ＷＤのトラックに、ガソリン、テント、食料を積み込んでいた。目的地はマウントオーガスタス。一

日で一二〇〇キロを走った。

パースから五〇〇キロぐらいまでは舗装道路だが、それから先は赤土の道が続く。ほとんど直線の道路だ。五、六キロ先から対向車が豆粒のように見える。周囲が全部地平線。

舗装が切れてから、道の両側がワイルドフラワーでいっぱい。「一キロごとに花の色が変わる」と聞いていたが、本当だった。ピンク、黄、白、赤、青と群生する花が二、三〇〇キロにわたって続く。

途中、車と一緒にかけっこするエミューを見て、トムは「クレージーアニマル」と言う。最後には必ず車の前を横切るのだ。そのたびに彼はブレーキを踏む。

夕方になるとカンガルーが私たちを歓迎してくれた。出合う車の数よりカンガルーの数の方が多い。人口四人のコブラステーションに泊まる。

翌日、エアーズロックの二・五倍あるというマウントオーガスタスに登った。まだマイナーな場所で、観光客はほとんど来ない。日本人は、私で五十人目くらいだという。トムと４ＷＤのおかげで、普通なら行けないところまで案内してもらえた。二日目の夜はキャンプ。星降る空を見上げてラムチョップのディナー。

三日目は金鉱を見て歩き、パースに帰った。全行程二五〇〇キロ。ツアーでは味わ

西オーストラリアの海岸にて

えない旅だった。

出会いの旅

今年の夏も、オーストラリアに行ってきました。三回目の渡豪です。オーストラリアには、北半球では見られない珍しい動植物があるのが魅力の一つです。でも、何といっても一番の魅力は、すてきな人との出会いです。

今夏は、ホームステイしながらパースの語学学校に二週間通いました。いろいろな国の人と出会いました。他国の人々と交わって、あらためて日本って年齢差別がまだまだ現存する国だな、と思いました。

ある日、スイス人のクラスメートのエスタが、私をディスコに誘ってくれました。エスタの友人が、車で迎えに行くよと言ってくれました。私が一晩考えて断ると、エスタやその友人たちはとても残念がって、次にはきっと行こうと言ってくれます。外国では、年齢を超えたつき合いが普通なのです。

週末に、ピナクルズのデイツアーに行きました。コーチキャプテン（バスの運転手兼ガイド）が、一人で参加している私を気づかって親切にしてくれます。オーストラリア人は陽気で冗談が好きで、すぐ友達になります。ちょっと話をしただけで、われわれはもう友達だ、と言います。コーチキャプテンのトムともすぐに友達になり、来月一月、日本での再会を約束して別れました。

人は一生の間に何人の人に出会えるでしょう。この出会いのために生きているのだと思うと、来年もすてきな出会いを夢見ています。

それでもタイが好き

春休みに、タイへ行って来た。タイは三回目で、私の好きな国の一つである。初めてのタイ旅行の時、スリにバッグを切られた。二回目は旅行中に差し歯が抜け、目に砂ぼこりが入り、帰国してから歯科と眼科に通った。タイに行くと、アクシデントに遭う。今回は、そのジンクスを打ち破ってやると意気込んで出掛けて行った。

初めは順調で、前回見られなかった郊外を観光したり、優雅にホテルのプールで泳いだりと、まずまず。ところが三日目の朝、ホテルで突然の停電、シャワーの水が止まらない、トイレの水が出ない。何度もハウスキーピングに電話を掛けて、やっと一件落着。

そして、真夜中発の飛行機で帰国の途へ。福岡空港が間近に見え、ああ、着陸体勢に入ったと思った瞬間、飛行機がぐーんと上昇する。一瞬、数年前の不吉な事故が頭をよぎる。すると、機長からタイ語で「…大阪…」と放送。その後、英語で「福岡空港が悪天候のため大阪へ向かう」とのこと。結局、関空で天候が回復するのを待って福岡へ。今回のメインアクシデントはこれだったのかと……。

ところがスーツケースが出てこない！　荷物紛失の手続きをしながら、心配よりおかしさが込み上げてくる。何かとハプニングが起こるタイ旅行。この次、タイへ行く時は何が待っているだろう。

結局、私のスーツケースはタイから関空、ソウル、そして福岡へと一人旅をして私の元へ帰ってきた。

一人旅

今年も一人旅をしてきた。アメリカのロードアイランド州ニューポートの語学学校に二週間、カナダのモントリオールに四日間、行ってきた。

一人旅のおもしろさは旅先でいろんな人と出会えることにある。出国の飛行機が、

サルベレジーナ大学の語学講座、フランス人のシルビア（右）と

台風のため欠航し、航空会社が手配したホテルに二泊せざるをえなかったが、おかげでアメリカ空軍のポリスたちと友達になった。彼らと空港でいつ乗れるか分からない飛行機を一緒にぼんやりと待ったり、夕食を共にしたりするうちに昔からの友達のような気になってくる。

語学学校ではある日、学校に帰るバスを二分遅れで逃して次のバスを待っていると、親切なバスドライバーがわざわざ送ってくれた。

モントリオールへは、初めは行く予定ではなかったので、ガイドブックも何も持ってなかった。バスステーションで思案にくれている私に、バスの中で知り合ったフィリピン人の女の子たちが、地図を手に入れてくれてホテルの位置を教えてくれた。

語学学校でルームメートだったフランス人のシルビアは、英語がすらすらしゃべれない私に、いろいろと手助けをしてくれた。私が礼を言うと、彼女は、「私ができる助けをあなたにする。あなたができる助けを他の困っている人にすればいい」と答えた。

みんなからもらったこの善意、今度は、一人旅のあなたに返してあげましょう。

感動　サハラの日の出

気がついた時には隣にいた。片言の日本語と英語で話しかけてきて、私の左腕をとっていた。添乗員さんから聞いてなければ、「何？　誰？」と警戒するところだった。

「モロッコ一周とサハラ砂漠の旅」に参加して、サハラ砂漠の日の出を見に行った時のことである。エルフードのホテルを朝五時に出発。ジープでまっ暗な荒野を走ること一時間。ジープをおりて砂丘に向かって歩き始めるとすぐ、そばに彼はいた。片言の英語で話しかけてくる。「僕はヘルパー。アルバイト。ノープロブレム」。それしかよく分からない。ズボッ、ズボッと足が砂にはまり込む中を彼に引っ張られつつ、砂丘を登って行く。日の出を見るのによい場所に着くと、砂を払って、私に座れと身ぶりで示す。サハラの砂はさらさらしていて服にくっつかない。

日の出を待つ間、彼の年齢や家族のことを尋ねる。彼は二十四歳、四人兄弟妹の長男。日本人が好きと言う。「なぜ？」と尋ねると、たくさんの日本人がこの地を訪れるからと言う。それから「あなたはここが好きか」と私に尋ねた。「好きだ、すばらしい所だ」と答えると、「住みたくはないか、ベルベル人と結婚して住んでほしい」

モロッコ、フェズの街並み

と言う。サハラ砂漠で日の出を見ながら口説かれるとは思わなかった。

砂漠の日の出は感動的だったが、明るくなるにつれて見えてくる周りの風景もすばらしかった。風でつくられた砂の風紋。それらを後にして砂丘を下りる。

帰りのジープの手前で彼のアルバイトが始まった。どこからともなくアンモナイトが出され値段の交渉が始まる。私はすでにアンモナイトは買ってあるからいらない。でもあなたが親切にしてくれたからチップをあげる——と言うと、彼はチップはいらないからアンモナイトを買ってくれと言う。結局、アンモナイトプラスチップで私は七十デルハム（約千円）を払ったが、彼はチップはいらない。それはアンモナイトの値段と受け取り、交渉成立。

そこで彼と別れたが、何かほのぼのとした温かさが私の心に残った。彼らベルベル人は、文明の進歩に毒されず、自然体で自分たちの生活を守り、なおかつ、西欧の文化にもうまく対応している。朝日の中に彼の純粋な瞳を見つめつつ、私は自分の生き方に疑問を持った。今回の旅でベルベルの人たちの生活を垣間見て、私は大きなカルチャーショックを受けた。自分自身の生き方や考え方をもう一度見直すためにも、もっと他の民族の生活を知る旅に出たいと切実に思っている。

すばらしきかな、旅

――トルコ・エーゲ海の旅八日間

「あなたの旅の楽しみは何?」と、私は同室の友人に尋ねた。
「一に観光、二に食事、三にショッピングかな」と彼女は答えた。うーん、順番は少し違うが似たり寄ったり。それに私は、異国の人との出会いをつけ加えたい。

アメリカやオーストラリアに比べると日本は歴史のある国だが、ヨーロッパの歴史はまた違う趣きがある。ヨーロッパには、紀元前からの建物が厳然と残っていて、その前に立った時、一種の感動を覚える。カメラに収まることができない程大きい遺跡を目のあたりにした時、幾世紀もの間、生まれて、生きて、死んでいくことを繰り返してきた人間の生の営みに思いが馳せる。アテネのパルテノン神殿、シルクロードの隊商宿、カッパドキアの石窟、イスタンブールのモスク。今回の観光は単に風光明媚な地を訪れるというのでなくて、偉大な歴史と文化に触れる旅だった。

エーゲ海クルーズでは、船内でギリシアの民族舞踊をたっぷりと見せてもらっただけでなく、みんなにおだてられて輪の中に入り、いろんな国の人々と一緒に踊ったの

トルコ、カイセリに向かう途中のフォトポイントにて

が良い思い出になった。隊商宿で見つけたトルコの帽子、友人の「似合うよ」の一言で嬉しくなってつい買ってしまった。カイセリへ向かう途中のフォトポイントにラクダがいた。乗って写真を撮ると二ドルという。これも経験と思って乗って写真を撮ってもらった。トプカピ宮殿でハンサムな警護の兵隊さんが立っていた。片言の英語で「そばに立って写真撮っていい?」と尋ねたら、黙って頷いたので、ここでもパチリ。グランバザールで警ら中のおまわりさんをつかまえて一緒にパチリ。バッグを買ったお店のお兄さんともパチリ。帰って職場の人達に写真を見せたら「先生、男の人とのツーショットが多いわね」

そうなんです。せっかくの旅の思い出、なるべくなら現地の人と、それも異性と、もっと言うなら若くてハンサムな人と…。

「あっちの食事は、口に合った?」とたくさんの人から聞かれた。何を食べてもおいしくて感激したというのが本音。特にホテルの朝食が良かった。パンもおいしかったし、私の大好きなサーモン、生のオレンジジュース、スイスホテルでは、目の前でオムレツを焼いてもらって、朝からシャンペンまで飲んだ。三十一日のディナーは、添乗員さんの計らいで、日本酒におもち、鯛まで用意されて。

ショッピングでは、現地の人々と交流もできた。

エーゲ海の島での買い物。「五個買うから負けて」と店のおじさんに交渉。ちょっと渋い顔をしたので哀願調で「プリーズ」と言ったら、にっこり笑って頷いてくれた。カッパドキアに向かう途中のフォトポイントで現地のお姉さんが、民族人形を四個千円で売っていた。試しに「五個で千円！」と言ってみたら、ＯＫ。記念に一緒に写真に写ってもらったら、お礼にほっぺにチュ、チュとトルコ式挨拶をしてくれた。

グランバザールで、片言の英語で値段の交渉をする。

「ユーアーハンサム。プリーズディスカウントザプライス」

「ユーアービューティフル。イッツインポッシブル」と、相手も負けていない。でも、値段が折り合うとお互いに「サンキュー」と言って別れる。騙されたのか、儲かったのか分からないが、楽しい余韻が心に残った。

トルコの人は親切でおおらかだ。なにか尋ねると、わらわらと人が集まってきて教えてくれる。店でカウンターの上に品物を出しっぱなしにしてその場を離れる。それだけ客を信用しているのだろう。

トルコを発つ日、私がため息をついていると、同行の人が「どうしたの？」と尋ねた。

「帰りたくないの」

イスタンブールのバザール、現地の方々と

日本との違いを実感

十月にオランダ、ベルギー、ドイツを巡るツアーに参加した。ヨーロッパの風景は絵はがきのよう、といつも感心するが、面倒なのはチップだ。

レストランでの支払いは添乗員さんが計算してくれ、お任せで良かったので助かった。ピローチップとトイレチップも毎日必要だった。特に現地に着いたその日は、小銭を手に入れるためにホテルのバーで高い水を買ったりもした。

トイレチップが必要ないのはホテルとレストラン、美術館ぐらいで、遠距離を移動中に寄る小さなドライブインでは必ず要った。デパートでも〝番人〟がいてチップを払う。「トイレでチップが要るとはのう」と連れ合いは不満を漏らしていたが、日本とは賃金に対する考え方が違うのだと思う。トイレはペーパーや水を使う。それに公衆トイレはどうしても汚れがちだ。掃除をする人も必要だ。

トイレチップで、その国の政治の一端がうかがえる。

紳士

平成の終わりに出発して、令和の一日《ついたち》に帰ってくる北欧ツアーに参加した。旅行社催行のツアーでは、いろいろな人と出会う機会でもある。今回も素敵なご夫婦と出会った。

彼らは私たち夫婦よりも若いようで、それでも六十歳前後に見えた。ジーンズを着こなし、気さくな感じのカップルだった。

旅行の始めはさほど親しくすることもなかったが、後半になって二度程、ディナーのテーブルをご一緒にした。ご主人は、きちんとした感じの人だとは思っていたが、テーブルマナーが見事だった。前菜はもちろん、メインの肉や魚を、きちんと端からナイフで切り分け、ソースも、フォークでつけ合わせの野菜を使ってきれいに拭き取り、食べ終わった時の皿には、汚れや食べ残しなど全くなかった。私は、自分の皿を見て、初めて真のジェントルマンに出会ったようで恥ずかしくなった。

私たち夫婦は、レストランなどのテーブルマナーが苦手だ。ナイフやフォークの扱いだけでなく、常に背をピンとたて、食器にかがみこまないよう、音をたてないよう気をつけ、更に同席の人たちと会話を楽しみながら食べるなんて、とてもできない。

量をたくさん食べるのが苦手な私は、口に合わない物を食べあげるのが苦手である。食べ残すのは悪いと思いつつ、ナイフとフォークを寄せてしまう。食べたい物を、好きなだけ食べられるバイキングや居酒屋には、ごく、たまに出かけるくらいである。

私も人間として、外見でなく内面から美しくありたいと思って、マナーや言葉づかい、しぐさの本、精神的な本を読んで心を磨き、実行するよう努力しているつもりだった。しかし、彼のテーブルマナーを見て、付焼刃ではない、育ちの良さを感じた。それは、ふとしたしぐさに表れるものだと思った。

私は、物のない時代に、田舎の貧しいサラリーマンの家で育ったので、いわゆる作法など、きちんと教わっていない。せいぜい、箸の使い方や、新聞紙、畳の縁は踏んではいけない、横になっている人を跨いではいけない、ことぐらいしか、親から教わっていない。

彼の食事作法を見て、改めて、幼い頃からの躾がその人の人格の土台となると思った。

夫・宏三、ストーンヘンジ（イギリス）にて

四、生活

日々の生活で思うこと

雑感

父がいる、母がいる、姉がいる
あの世は、いつか私も帰る家

十代・二十代・三十代
「死」が怖かった
死にたい、と思った時もあったけど

死ねなかった

四十代の時、父が逝った
五十代の時、母が逝った

そして、六十才の時
リタイア直後、やっと自由になれた時
姉が肺がんで亡くなった
両親以上に頼りにしていた姉だった

うつろな日々
目標を失った時間

それでも体は動いていた
頭のすみで生きる事を考えていた

料金受取人払郵便

新宿局承認

7552

差出有効期間
2024年1月
31日まで
（切手不要）

郵便はがき

160-8791

141

東京都新宿区新宿1－10－1

(株)文芸社

愛読者カード係 行

ふりがな お名前			明治　大正 昭和　平成　　年生　歳
ふりがな ご住所	□□□-□□□□		性別 男・女
お電話 番　号	（書籍ご注文の際に必要です）	ご職業	
E-mail			
ご購読雑誌（複数可）		ご購読新聞	新聞

最近読んでおもしろかった本や今後、とりあげてほしいテーマをお教えください。

ご自分の研究成果や経験、お考え等を出版してみたいというお気持ちはありますか。

ある　　ない　　内容・テーマ（　　　　　　）

現在完成した作品をお持ちですか。

ある　　ない　　ジャンル・原稿量（　　　　　　）

書　名			
お買上 書　店	都道　　市区 府県　　郡	書店名	書店
		ご購入日	年　月　日

本書をどこでお知りになりましたか?
1.書店店頭　2.知人にすすめられて　3.インターネット(サイト名　　　)
4.DMハガキ　5.広告、記事を見て(新聞、雑誌名　　　)

上の質問に関連して、ご購入の決め手となったのは?
1.タイトル　2.著者　3.内容　4.カバーデザイン　5.帯
その他ご自由にお書きください。
(　　　)

本書についてのご意見、ご感想をお聞かせください。
①内容について

②カバー、タイトル、帯について

弊社Webサイトからもご意見、ご感想をお寄せいただけます。

ご協力ありがとうございました。
※お寄せいただいたご意見、ご感想は新聞広告等で匿名にて使わせていただくことがあります。
※お客様の個人情報は、小社からの連絡のみに使用します。社外に提供することは一切ありません。

■書籍のご注文は、お近くの書店または、ブックサービス(0120-29-9625)、セブンネットショッピング(http://7net.omni7.jp/)にお申し込み下さい。

それから「死」は怖くなくなった
両親と姉のいるあの世
三人が待ってくれているから

日々、時々、あの世を感じ　生きている
あの世への順番は誰が決めるのかな？

七十年、生きてきた　今、生きている　明日は分からない

四十度の暑さにも、マイナス七度の寒さにも耐える植物がある　すごいなあ

夜八時に寝て、朝三時に起きる、私の体内時計

疲れるなあ、頭を使うと
いつも何か考えている、私の頭

最近、年寄のこだわり、がんこが分かってきた
気長にかまえているのではありません
諦めているだけです

昔、じじ、ばばは六十代
今、四十代で孫ができ　じじ、ばばになる

昔、六十才は年寄、現役から身を退く
今、六十才はまだまだ若いと働かされる
働き方改革

心を空にして
一心に何かをすることは不可能
一心とは、心を一つに集中すること
心を空にするとは、心に何もないこと

何かに集中していて心を空にすることは、できない

どうしたら、心が空になるのか
何事も準備が99％で
本番は1％という

では120％の準備をすれば
100％のできが望めるかな

発表会とか試験とか　上がるんだよね
カーッとなったら分からなくなる
声が震える
手が震える
足ががくがくする

平常心は、どうしたら保てるのかなあ

「いいよ、いいよ」は
どうでもいい時
「いいね、いいね」は
なんでもいい時

「できたね、やったね」は
そこそこできた時、やった時
「すごいね、すばらしいよ」は
できが、ふつうの時

と、聞こえる私は
へそまがり

「レベルが違う」と言われた

嫌な気がした
ある健康体操の会に参加した時だった
六十代後半で開脚ベターッを私がした時だった
参加者の一人が言った言葉だ
賞讃の響きはなかった

手引本を買って
四週間のプログラムを
二ヵ月かかって、できるようになった
開脚ベターッ
途中、無理をして　左脚の太股内側の
毛細血管を切らし青黒い染みができ
痛さでしばらく練習できなかったこともあった

体操の会でできることを見せびらかした訳ではない
指導者の指導のままにやっただけ

嫌な気持ちを引き摺って家に帰った

定年後の人生目標探したい

人の一生には、いくつかの節目がある。卒業や結婚、出産というような、はっきり分かる節目もあるし、つらい経験の後に「あれが人生の節目だったのかな」と思えることもある。その一つひとつを乗り越えるたびに、自分の人間性に深みが出てくることを願ってきた。

私は、あと三年で定年を迎える。退職という節目を越えた後に来るものは何だろう。抜け殻となった自分しか残らないのではないかと不安になる。

料理、家庭菜園、英会話、海外旅行と、やってみたいことはたくさんあるが、腰を据えて取りかかっているものは一つもない。「英検一級を目指す」「ハーブ畑を作る」というような、具体的な目標を見つけたい。

「今が、退職に向けての大事な節目なんだよ。退職後の実りある生活のために、今から計画を立てて取りかかるんだよ」と言い聞かせて、自分で自分を励ましたい。

味見ついつい体まで豊かに

今年は栗が豊作のようである。最近は直販所や道の駅で、取れ立ての新鮮な栗が安く手に入るのがうれしい。

せっかくの旬の味を少しでも長く味わいたくて、知人に栗の貯蔵法を尋ねてみた。栗ご飯用に渋皮までむいた栗は、そのまま冷凍したらいい、という。ゆで栗は、ゆでたものを小分けして冷凍すると、食べる時に便利がいいという。

春に、エンドウ豆を冷凍しておくと、いつでもおいしい豆ご飯ができると聞きながら、機を逸して保存し損ねてしまった。だから、今度こそは、と早速栗を買ってきて、せっせとむいたり、ゆでたりして冷凍室に保存していった。

冷凍する前に味見をするのだが、これが一つではやめられず、ついつい四つ、五つと手が出てしまう。気がついたら、冷蔵庫も実りの秋になっていたが、私の体も実りの秋になっていた。秋は、心も体も豊かになる季節なのはうれしいが、ちょっと困ってしまう。

弁当文化

先日、食に関する本を読んでいたら、市販の弁当が怖くなった。米につやを出すために添加物を入れたり、古い輸入野菜で煮物を作るため、一度漂白してから色素で色を付けたりするらしい。

弁当は、日本人が開発したすばらしい携帯食であると思う。アメリカやオーストラリアでホームステイをしている時に、ランチを作ってもらったことがあるが、実に簡単なものだった。簡単なサンドイッチ、時にはバター付きパン、それに果物と飲み物くらいだった。外国に比べて、素晴らしい弁当文化を持っている日本だが、市販ののだけでなく家庭で作る弁当も変わってきている。「チンチン弁当」と若い人が言うので何かと思ったら、電子レンジで温めたおかずを入れた弁当のことだそうだ。

食の安全を考えるためにも、日本の弁当文化を若い世代へ伝えなければならないと思う。

クイズをして語彙を増やす

子供たちの語彙《ごい》不足、表現力不足が問題になっている。私の勤める学校（全校児童十二人）でも、読書活動に力を入れているが、語彙が増えないという課題に悩んでいる。そこで、ランチタイムに「今日のことわざ」タイムを設定し、給食の始めと終わりに、毎日一つずつことわざを言おう、ということになった。

早速、一〇〇円ショップで「ことわざ辞典」を買ってきて、最年長の五年生に音頭をとってもらった。子供たちは意味はよく分からないながらも、「鬼のかくらん」「知らぬが仏」などと、声をそろえて言っている。「ああ言えばこういう」など、調子のいいことわざなどは、結構おもしろがって言っている。

三学期になり、まとめの時期に入ったので、ことわざクイズを作って取り組ませた。「旅のあかはかきすて」「すずめの行水」などの珍解答も出て、教師も子供も楽しんでいる。

クイズの全問正解者には、手作りの賞状と一〇〇円ショップで買ったクロスワードパズルを賞品として渡した。おかげで子供たちは、ことわざに楽しんで取り組み、「クイズをもっと出してほしい」とせがんでいる。

定年後の毎日は小さなことから

二〇一〇年の三月三十一日で定年退職する。定年後にしたいことはいろいろあるが、日常的に継続してしたいことがなかなか見つからない。

捨てられずにいる衣服や小間物、本の整理をして、人が来ても恥ずかしくない家にしたい。六月ごろになると草が伸び放題になる庭の草取りを、今年こそは早めにしたい。四季折々の花々を庭いっぱいに咲かせ、イングリッシュガーデンを気取りたい。布袋やクッションカバーなどの縫い物もしたい。

合間にはここ十年ばかり行けなかった海外旅行に行きたい。タージマハールが、マチュピチュが、キリマンジャロが私を呼んでいる。途中でやめた生け花もまた始めたいし、忘れかけている英会話にも磨きをかけたい。

そんなある日、姪《めい》が自分の娘に習字を教えてほしいと言い出した。これはいい。教えるためにはまず自分が習いに行かなければならない。習字教室に通おう。なんなら姪の娘と一緒に行ってもいい。

正月に初詣でに行こうと思った。しかし人込みを思うとおっくうになり、地区のお宮にお参りに行った。これもいい。退職したら毎日、散歩と運動を兼ねてお宮にお参りをしよう。定年後の毎日は、小さなことから始めよう。

イングリッシュガーデン

イングリッシュガーデンにあこがれて、この春、狭い庭のアプローチにいろいろな形の鉢を置き、花木や一年草を植え込んだ。図らずも落ちこぼれた種から芽を出したボリジやチドリソウのおかげで、青を基調とした庭になった。パンジーやトレニア、サマーウェーブもさわやかな青を演出してくれた。

秋はウインターコスモスとダリアのおかげで、これも思いがけず黄色を基調とした庭になった。シュウメイギクやジンジャーの白が黄色を支えてくれた。今はマリーゴールドや日本小菊が黄色のガーデンを引き継いでいる。

ボリジやチドリソウ、トレニアは毎年ひとり生えしてくれるもの。ダリアや日本小菊は種から育てた。以前からお金の掛からない自然のガーデンを造りたかったのだが、退職して夢がかなった。

ご近所で本格的なイングリッシュガーデンを造っている方とも知り合い、夢は広がる。

イギリス、ジギタリスの花

メダカと待つ春

寒さが緩み、わが家の三匹の黒メダカも無事、冬を乗り越えたようだ。

昨年の初夏、たくさんのメダカをいただいた。黒メダカ、ヒメダカ、白メダカと種類も豊富。玄関先の睡蓮《すいれん》鉢に入れ、毎朝餌やりをした。「朝まんま（ご飯）だよ」と言うと、浮き上がって寄ってきてかわいい。ところが、ある日から急にバタバタと死んでいった。全滅した、と思った。

一週間後、小メダカがたくさん生まれていた。うれしい思いもつかの間、その小メダカも死んでいった。その頃、ようやく原因に思いあたった。梅雨に入り、蒸し暑くなると庭にムカデが出る。家に入り、枕元をはっていることもあった。その対策に、家の周りに忌避剤をまいたのだ。慌てて鉢を玄関のなかに入れた。二匹だけ生き残った。

二匹のうち、大きいほうが小さいほうをつついて意地悪をするので「つよし」と名付けた。小さいほうは「よわし」じゃないよなあ、と思いつつ観察していると、もう一匹いた。ひっそりといるので「姫子」と命名。小さいほうはいじめられてもついて回るので「侍従《じじゅう》」と名付けた。

三匹は秋の終わりにはかなり大きくなった。今年の夏は呼びかけたら寄ってくるように、てなずけよう。そして卵をとって小メダカを増やそう。メダカとともに春を待ちわびている。

見たい物がたくさん

ある時、車を運転していてふと「目は二つあるのに、どうして右目と左目が同時に、二つの物を見ることができないのだろう」と思った。

この世の中には、読みたい物、見たい物がたくさんある。毎日の新聞を丹念に読むと、一時間はかかる。それでも、紙面の一割も読みこなせていない。雑誌やテレビも見たい。手紙や配布物も読まなければならないし、小説も読みたい。二つの目が二つの物を見分けてくれると、一日二十四時間の中で読める物、見られる物が倍になるのに。

耳は十分でないが、二つのことを同時に聞くことができる。聖徳太子は、一度に十人の話を聞くことができたそうではないか。手も不十分ながら、右手と左手で別々のことができることが多い。

人生は限られた時間だから、右目で車を運転しながら、左目で新聞が読めたらと、愚にもつかないことを、かなり真面目に考えている。

犬友《いぬとも》

猫派の私だが、犬友もたくさんいる。

義兄の家のコーギー、キンタは私が行くと、伏せの姿勢を取り、目を細め、頭を低くして服従の意を表す。コロリとあおむけになって、なでてもらうのを待っている。

近所のダックスフント、トマトちゃんは、初めは出会うとほえていた。慣れてきたら遠くからでも私を見ると、しっぽを右に左に大きく激しく振り振り駆け寄ってくる。体いっぱいで喜びを表現する。他にもふうちゃん、かりんちゃんも散歩友達である。

キンタもトマトちゃんも決して食べ物などを与えたわけではない。ただ、会うたびに「かわいいね。いい子だね」と、声掛けをし、なでてきただけである。

先日、知人宅の犬友、ラッキーが夜中、トイレに外へ出た折に、何者かにかみ殺されてしまった。知人は体調を崩すほど悲しんだ。

ラッキーの冥福を祈るとともに、犬友たちの幸せな一生を祈っている。

励みになる「さあ…」のかけ声

ＮＨＫテレビの「テレビ体操」や「みんなの体操」を見ながら、体操をするようになって一年になる。

初めはわずか十分間の体操がきつかった。特に「みんなの体操」の脚と腰の運動が苦手だった。中腰に曲げた後ろ脚がぷるぷると震え、前に出した脚を引く時に体がふらついた。

ある時、指導者が「さあ、もう一度」とかけ声をかけてくれた。その「さあ」がとても励みになり、もう少し頑張るぞという気持ちになった。おかげでこの一年間、肩こりや腰痛が和らいだ。以前、立ち上がる時に言っていた「どっこいしょ」という口癖を、いつの間にか言わなくなっていた。

暑い夏の日の草むしりや袋戸棚・押し入れ、納戸の整理片付けなど、きつい仕事や面倒くさい仕事をする時、「さあ、あと少し」と自分から声をかけて頑張るようにした。

還暦も過ぎ、人生も一段落すると肉体も心も弱くなる時がある。「さあ」のおまじないは、くじけそうな気持ちを奮い立たせ、頑張らせてくれる。

農業一年生

退職して家庭菜園を始め、「まかぬ種は生えぬ」の意味を実感している。

カタログや種袋の豊かな実りの写真にあこがれて、以前の私はさまざまな種を買い込んでいたが、現実は忙しくてそのほとんどをまいていなかった。でも今年の私は違う。自宅の庭だけでは足りず、隣の畑を借りてせっせと種をまき、苗を植える。土地があるっていいなあ。

私は、自分は草むしりが嫌いだと思っていた。しかし、ここにあれを植えよう、あそこには何を植えようと、考えながら草むしりをするといつしか時間がたつ。きれいになった畑を見ると、深い満足を覚える。

でも、農業一年生にとって現実は甘くなく、連作障害や病害虫に悩まされることも多い。農家の方に教えてもらったり、本で調べたりして、一つ一つ解決している。今は、細い大根、痩せたホウレンソウなど収穫は貧弱だが、植木と花と野菜が共存した庭が私の夢だ。

遺伝子の不思議

——続メダカと待つ春——

二年前にもらったクロメダカやヒメダカ、シロメダカを不注意で死なせてしまい、二代目のクロメダカ三匹だけが生き残った苦い経験をした。

その三匹が昨年夏、次々と卵を産み、たくさんの子メダカが育った。その中にヒメダカやシロメダカがいたのだ。一代目の遺伝子が受け継がれたのだろうか。

同じく二年前の初夏、珍しい「八重絞り」の百日草の種を買った。きれいな花が咲いた。種を採取して苗を育て、昨春、友達にも分けてあげた。夏場は仏壇に供える花に困ると聞いていたからだ。

ところが咲いたのは平凡な一重の花。種物売り場で他の植物の種の説明書きを読んでみたら、「一代限りの交配種」とあった。私が買った種もそうだったのだろう。

親類や知人から私が母に似てきたとよく言われる。若い頃、叔母の歩く姿が母とそっくりなのを姉と笑ったものだが、その姉と温泉につかったときお互いに気づかされた。どっちの後ろ姿も母親そっくりだと。

年を取るほどに、似てほしくないところほど似てくる。遺伝子がちょっぴりいまいましい。

草取り禁止区域

霜が降り、庭の草木が枯れるこの時期にも庭仕事の楽しみがある。それは、春の終わりに実った花の種を振りまいていたのが、自然に目覚めて次々と芽を出してくれることである。

花屋さんで買ったパンジーやナデシコ、プリムラなどの苗を植え付けて即席の花壇を作るのもうれしいが、自然体の庭を目指す私にはお約束の花が代々受け継がれてくれるのはもっとうれしい。今年もヤグルマソウ、チドリソウなどが芽を出してくれている。来春、私の好きな青い花が狭い庭に咲き乱れてくれそうだ。

しかし、この花たちにも天敵がいる。それは私の連れ合いである。草むしりをよくしてくれる彼だが、残念にも花と草の区別がつかない。そこで私は彼に草取り禁止区域を設けて、私の大事な花たちを守ることにした。

夏や秋を謳歌《おうか》する花、冬の寒さの中で咲く花、春を待っている花。自然に逆らわない花のように生きたい。

楽しみな農村ライフ

退職して畑仕事に精を出せるようになり、わずかだが収穫も望めるようになった。連れ合いと軽トラックで畑に出掛けることを「明るい農村」と呼んでいる。とはいえ、素人農業なので失敗も多い。

大きなタマネギができて喜んでいたら、猛暑で次々と腐らせてしまった。サツマイモが勢いよく育っていたのに、ある朝行ってみるとシカに葉を食べられていて、慌てて柵を作った。枝豆の花は咲いたのに、なぜか実が大きくならなかった。

収穫も楽しいが、それらを使って料理をするのも楽しい。納豆に刻みオクラを入れてよく交ぜ、山芋のように膨らませた物や、そうめんにキュウリの千切りとミニトマト、卵焼きを刻んで載せ、麺つゆをかけて食べる「ごちそうめん」、ナスのパン粉焼き、ブルーベリーやブラックベリーの手作りジャムを載せたゼリーなど。何よりどれも無農薬なのがうれしい。

明るい農村を楽しんでいる。

アナグマ被害に困惑

大分市でアライグマが田畑を荒らすため、わなを仕掛けたところ、数匹捕獲したという報道が何度かあった。

わが家の庭も秋になって何か小動物が出没している。プランターのミニトマトの苗が何回も掘り返された。畑に定植したばかりのサラダ菜が踏み荒らされた。先日、市に問い合わせたところ、佐伯市内に出没するのはどうやらアナグマらしい。ホームセンターで有刺鉄線を見てみたが、張り巡らす前に私の手の方が血だらけになりそうだったのでやめた。

私の通う英会話教室で、同じように被害に遭っている友人が「アナグマは敵です」と憤慨していた。するとアメリカ人の講師が「アナグマは悪くない。人の命を脅かすほど危険な動物ではない。ただ生きるため、食べるために掘っているだけだ」と答えた。

アナグマも生きるのに必死なのだろう。それは分かるが、迷惑なことである。

アナグマと知恵比べ

新聞に掲載されたアナグマ被害のその後である。隣人が仕掛けたわなに、アナグマが掛かり、庭も荒らされなくなった。ちなみに私の居住地区だけで、合計九匹のアナグマが捕獲されたそうである。

平穏な日々もつかの間、今度はごみ箱荒らしが始まり、重しにしていた植木鉢までひっくり返すようになった。

知り合いの猟師に頼み、市から箱わなを借りてもらった。二、三日はおとなしかったが、残飯をごみ箱から引きずり出し、わざわざ、わなの前で食べ散らかしていた。甘酒を餌にしてみたら、アナグマではなくイタチが捕まった。

この頃は、わなの入り口は閉まり、中に置いていた餌はなくなっているのに、アナグマは捕まっていないという不思議な現象が起きている。果たしてアナグマとの知恵比べに勝てるだろうか。心配だ。

ネコパトロール

私は魚が大好きだ。子どもの頃、母が作ってくれたサバのみそ煮を初めて食べたときは、皿までなめたいぐらいだった。

そんな私なので、佐伯市に引っ越して新鮮な魚が安く手に入ることに感激した。小さいフカを一匹丸ごと買って湯引きすることも、お店の人に教えてもらった。いろいろな小魚の箱買いも知った。寒い時のブリはおいしいが、夏のブリはそうでもないことも実際に食べてみて分かった。ミズイカ、スルメイカ、コウイカと、イカも種類によって出回る時季が違うことも分かった。

お店もあちこち回って、それぞれの店の特徴を覚え、どの曜日のどの時間帯に行けば目的の魚が手に入るか、何度も足を運ぶうちに分かるようなった。魚の安い日は大変だ。あれも買いたい、これも欲しいと、その日の予定が大きく狂う。

安くておいしい魚を求めて、魚屋さん巡りをする自分を、「ネコパトロール」と呼んでいる。

センター、ピーマン君

先日家で焼き肉をしている時、夫が突然ピーマンをホットプレートの中央に押しやったので「どうしたん?」と尋ねると、「ピーマンをよく焼こうとしただけや」と夫。私は思わず「センター、ピーマン君。ライト、シイタケ君。レフト、キャベツ君」と言った。「ファーストはカボチャ君、セカンドはたまねぎ君、サードはナスビ君かな?」と続けた。わが家の焼き肉は、お肉はちょっぴり、野菜はどっさりなので、こんな配置になってしまう。

野菜をおいしくたっぷり食べたいので、今年も夏野菜をいろいろ植えた。農業一年生の私たちにとっては、葉物野菜の栽培が一番難しい。キャベツは勝手に葉を巻くのでハクサイもそうかと思っていたら、巻かずに花が咲いてしまった。ダイコンやチンゲンサイも種まきの時期が合わないと、大きくならずにさっさと花を咲かせる。

わが家のピーマンが焼き肉でセンターを確保するのは、今月の終わりごろかな?

郷士から嘉風を応援

二〇一五年の大相撲夏場所は面白かった。数々の記録を打ち立て、万全だと思われていた白鵬が不調で、世代交代の前兆を感じさせた。

結果は照ノ富士の優勝で終わったが、優勝候補に多くの力士が関わったことも良かった。遠藤はけがの痛みを周囲に感じさせず、体をいたわりながらも６勝を挙げたのは見事だ。

場所が始まった頃、夕方になると花火の音が聞こえてくるので「祭りのけいこかな？」と思っていた。ところが、新聞の記事で明らかになった。佐伯市の有志が、嘉風の白星の祝砲を挙げていたのだ。それからは嘉風が勝つと急いで窓を開け、耳を澄ました。私の通う書道教室でも、このことが話題になった。

何よりも嘉風のおかげで、佐伯市の名が全国に知られたことはうれしい。嘉風の活躍とそれを応援するファンの間に通い合う心のぬくもりを感じ、佐伯に住んでいて良かったと思う。

ナマコがおいしい冬

冬はナマコがおいしい。私はナマコが大好きで、寒い季節の楽しみの一つだ。昨年末は値段が上昇したが、正月が過ぎて安定してきたようだ。

私が住む佐伯市は、地物のアカナマコとアオナマコが出回る。アカナマコの方が値段が少し高い。不思議に思い、調べてみた。アカナマコは外海の影響を受ける岩礁、アオナマコは内湾の砂泥と、生息する場所が異なっているという。そのため、アカナマコの方が磯の香りが強くて、コリコリした食感があり、値段も高いらしい。

ただ、青森県などはアオナマコの方が高い値段で取引されているそうで、状況は地域によって違うようだ。スーパーでたまたまアカナマコとアオナマコを同じ値段で売っていたので、両方購入して食べ比べたが、私には違いが分からなかった。

食材は地産地消、自然食品を心掛けている私にとって、ナマコは親しみを感じる食材でもある。この冬もしっかり味わいたいと思う。

「まつり」のホームステイ

息子家族の愛犬「まつり」を三泊四日で預かった。愛くるしい目の十四歳、雌のコーギーである。

一日目の夜は、まつりも緊張して自分のベッドに入らず、椅子のそばで寝た。夜に私がトイレに行くと起きてきて、玄関に目をやり、外に出たそうなそぶりをする。慣れない環境でトイレに行きたくなったのかと思い、夜中の一時半、まつりの散歩に付き合った。

二日目の朝、台所に立つと、私の足元にどかりと座って、背中をくっつけてきた。仕方なくまつりをまたいでは狭い台所を動き回った。少しずつ慣れたまつりは、床をカツカツ鳴らしながら、私の後ろを付いて回った。歯間ブラシで歯磨きをしていると、目をキラキラさせてじっと私を見上げている。連れ合いが「おまえがするめでもかじっていると思っているんだろう」と笑って言った。

三日目の夜、やっと自分のベッドでいびきをかきながら寝てくれた。

四日目の朝は、台所にも来ず、足にまとわり付くこともなかった。息子が迎えに来た時も、特別うれしそうでもなく、それでもいそいそと車に乗り込んだ。そして澄ました顔で、振り返りもせず帰って行った。

まつりも慣れないホームステイで大変だっただろう。まつりのおかげで、心がほっこりした四日間だった。

移り変わる言葉

「〝ぽっちり〟って、ちょっぴりという意味ですか」と、ある人から聞かれた。「ぽっちり」を普通に使っていた私は、気になって電子辞書で調べてみたら、載っていたが、普段には使われない言葉なのかもしれない。私がこの言葉を知ったのは、村岡花子氏訳の『丘の家のジェーン』を読んだ時だった。「ぽっちり」は、私の心にすんなり入ってきて、私の言語カテゴリーに入った。

「わらわら」という言葉を使った時、友人が、「そんな言葉、あったかなあ」と、言った。この言葉は、池波正太郎氏の小説で知った。辞書にも載っているが、この言葉は話し言葉というより書き言葉として使われるようだ。だから、普通の生活には、なじみが薄いようだ。

「〇〇みたく」という言葉がはやった時は、私は違和感を覚えたが、これを小学校の国語の教科書で見た時は驚いた。ちなみに私の持っている辞書には載っていない。毎年、新しい言葉が創り出されたり、昔ながらの言葉が、急に流行したりするが、世間に根付くものは少ないようである。

日本人の感性を生かした、美しい日本語が伝え継がれる日本でありたいものだ。

干柿の受難

十月下旬、寒い日が続いたので干柿を作ろうと思った。昼間、物干し竿に干して、夜は納屋に入れた。ところが小春日和が続いたのと、一晩、家を留守にした事で、かびが生えてしまった。

十一月上旬、今度こそと思って、また干柿作りに挑戦した。だんだん茶色に色づいて、もみほぐす時期がきた。ところがあせってもんだら汁が出て、そこにハエがたかるようになった。青色に光る大きな銀バエだった。すぐにハエ取り紙をぶら下げてみたが効果はなかった。干物を作る網の中に入れた。でも風通しが良くないので乾かない。また、かびが生えてしまった。

近所の家では、あまり日の当たらない軒下で、上手に干柿を作っていて羨ましかった。

今度こそと思い、屋根だけある自転車置場に干した。色づいて、うまくいきそうだな、と思った頃、ひよどりにつつかれた。そこで簡易の物置、囲いと屋根があり、上部30センチ位吹き抜けの場所につるし、吹き抜けの部分には、鳥に入られない様、糸を張りめぐらした。

二日後の朝、半分程なくなっていた。その物置には工作機具や木材を置いてあった。それらによじ登って、干柿を食べたらしい。犯人らしい小動物、多分、いたちのフンが二カ所あった。

おいしい干柿を食べたいという私の願いは、今年はかなえられなかった。

シシャモが九匹

先日、久し振りにシシャモを買った。焼く時に九匹しかいないことに気づいた。以前、買っていた時は確か十匹はあったと思う。値段は据え置き、個数を減らして消費者の物価上昇感を希薄にする苦肉の策かと考える。

しかし、一パックの量や個数が減るのは、一概に悪いことではないと思う。最近は一人や二人の暮らしが増え、昔のような大家族は少なくなった。また、一品料理をたくさん食べるよりも、品数を多く食べる方が体に良いという考えも広まってきた。

戦後の貧しい家庭で育った私は、ばっかり食《ぐ》い（旬の野菜が出回る時は、その野菜料理だけが食卓に出る）が染みついている。母も飽きないように料理を工夫してくれていたが。その経験のせいか、今は少量でいいから、いろいろな種類のおかずを食べたいと思うようになった。

年寄りの二人暮らしのわが家には、少量パックがありがたい。無理して食べあげたり、罪悪感にかられながら捨てたりしなくてよい。

九匹のシシャモ、二匹ずつ食べて二回分、ちょうど良い量だ。残った一匹は連れ合いに食べてもらいましょう。

モロッコ、12月31日の年越パーティー

五、社会

社会問題について

日々の生活を描写することは時代を反映すると思う。

古代からの日本の変化は歴史の教科書で学ぶしかない。その歴史も書いた人の見方、その人の目を通してしか分からない。昨今、歴史の教科書の一部が書きかえられているが、いろいろな資料が研究されるほどに、更にまた変化していくだろう。近代史に於いてや、なおの事である。

私は昭和二十四年、戦後、間もない頃に生まれたので、昭和・平成の七十年の歴史しか語れない。

この時代を生きてきた人々、いわゆる団塊の世代にとって、日本は急激に変化したと感じられるだろう。

住居、電気製品、IT事情、エネルギー源問題、乗物、ゴミ問題、等々。枚挙にいとまが無い。

具体的に例を挙げると分かりやすいがトイレ事情である。子供時代から成人する頃まで汲み取り式の便所であった。それから和式の水洗トイレ、洋式の水洗トイレへと変化し、今では、いろいろな機能のついているトイレとなった。更に公衆トイレでは部屋の中に絵や花を飾り、音楽を流し、トイレというよりアーティスティックな空間と化している所もある。

二十五年ほど前、アメリカでホームステイをしていた時、ホストマザーが山へドライブに連れていってくれた。そこで使用したトイレは、山中にポツンとあったトイレだったが、水洗式だったので感心したことがある。

現在の四十代以下の人たちは汲み取り式の便所など知らないだろう。和式の水洗トイレもだんだん姿を消し、洋式がほとんどとなった。

このトイレの進化のように戦後、日本人の生活は急激にすばらしく向上した。便利になった。世界が広がった。寿命が伸びた。しかし、昔より幸せになっただろうか。

時間的なゆとりはできたと思うが、そのゆとりの時間をどう過ごしているのか。他の仕事を入れて更に忙しくなってはいないか。自己の向上としての自分磨き（読書、勉強、趣味など）に使うのでなく、ゲームやギャンブルに夢中になり、大事な時間とお金の無駄使いをし、挙句《あげく》には依存症となったりしてはいないか。

また便利になりすぎてついていけず、年寄りは、インターネットでオリンピックのチケットの予約ができない。アメリカのビザ、エスタの申請が自分でできないなど、ＩＴ難民となっている。キャッシュレス化におびえ、〇〇ペイなどによる詐欺事件を聞くと、便利がいいのか悪いのか分からなくなる。世界的に広がっているプラゴミ問題を見ると、後先を考えずに便利さを求めてきた責任は、消費者にあるのか、社会にあるのか分からなくなる。

人類は平安と幸せを求めてきた。物質の豊かさは手に入れたが、心の豊かさは昔より失われたように思える。道徳心、品性の向上、高潔な人格の形成を一番に考える世の中にならないと、みんなが幸せで住みよい社会は望めないのではなかろうか。

食の安全まで自衛策の時代

今、中国の食品の安全性が問題になっている。しかし、食の安全問題は日本も抱えている。

私は安全な野菜を求めて、わが家の狭い前庭にいろいろな野菜を植えている。が、無農薬なので虫に喜んで食べられる。せっかく芽が出た野菜が、ネキリムシのために全滅することもしばしばである。しかし、思いがけず出来のいい時もある。

ダイコンやニンジンがよくできたこともあった。ハーブ野菜や中国野菜は、虫の好みが合わないのか比較的よくできる。無農薬なので安心して食べられることが一番うれしい。

農業は素人であり、仕事の合間の野菜作りなので、よく出来ることのほうが珍しい。虫や雑草と戦いながら、わずかな野菜の収穫に喜びを見いだしている。

そうはいうものの、わが家では直販所や「道の駅」の野菜に大半を頼っているのが実態である。肉や魚も加工品を避けて、自分で調理するようにしている。食の安全も自衛策を講じなければならない社会になって、これでいいのだろうかと思う。

足りない国の指導力

東日本大震災の報道を見ながら、だんだん腹が立ってきた。死者・行方不明者が一万人を超え、何十万人もの被災者が各地の避難所で不自由な生活を送っているというのに首相の姿があまり見えないのだ。

依然、強い余震が頻発している。福島の原発では、むき出しになった建物の骨組みが爆発のすごさを物語っている。関係者は「深刻な事態ではない」と説明するが、多数が避難する事態は尋常ではない。国はなぜ非常事態宣言を出さないのか。

被災地ではなお厳しい寒さが続き、被災者は「水や食料、燃料が足りない」と訴えているが、それらを運ぶヘリやトラックが、国民の目には見えない。支援態勢は果たして確立・機能しているのだろうか。

これ以上被害を出さないよう、国民全員が心を一つにして当たらなければならないのに、国に十分な指導力がないと感じるのは私一人だろうか。

環境美化の心掛けを

イギリスに旅行した。往復は海外の航空会社を利用。ヒースロー空港に着いて飛行機から降りる時、機内を見ると座席や床に毛布やスリッパ、新聞紙などが散らかっていて驚いた。

都市部では歴史のある建物に感動し、地方ではなだらかな丘で草をはむヒツジの群

イギリス、古風な家が歴史を物語る

れや、近寄っても逃げない白鳥たちに心を慰められた。

ところが、地方のある都市に行くと様子が一変した。歩道に紙くずやたばこの吸い殻が散らかり、落ち着かない気持ちになった。ガイドの話では、その都市は多くの移民を受け入れているそうだ。言葉や文化の壁もある。片付ける習慣を身に付けることや、きれいなまちづくりは一朝一夕にはいかないのだと気づいた。

地域のクリーンデーに参加した時、ある子が「この空き缶、うちのじいちゃんが捨てたんで」と言いながら拾っていた。その光景を目にし、あらためて環境美化について考えさせられた。

消費増税の影響、不安

消費税増税に伴い、一日から乳製品が値上がりした。

二〇一四年四月からの増税で、店によって対応の違いが見られる。もともと5％の消費税が含まれているはずの税込み価格に8％を上乗せした店。本体価格に8％の消費税を付けた店。それまでの価格で頑張っている店。しかしこのような店も本体価格が上がれば、値上げせざるを得ないだろう。

価格表示も本体価格を大きく、税込み価格を小さく書いている店もあれば、その反対の店や本体価格のみ書いている店、とさまざまである。家計簿を付ける時、本体価格の合計に税を加算したレシートは、品目ごとに計算しなおさなければならない。支払いは税込みなのだから少し面倒だ。

消費税が国民のために適切に使われるのなら、増税もやむを得ないと思っていた。単に価格が３％上がっただけでは収まらないだろうと予想はしていたが、今後どんな影響があるか不安である。

ＩＴ難民

先日の防災の日、ラジオを聞いていたら、京都市がスマートフォンのアプリで災害時に最寄りの避難所に誘導する試みをすると伝えていた。台風11号が接近していた時も、テレビで「詳しい交通情報はウェブで確認してください」と言っていた。

働いていた頃は私もそこそこコンピュータを使っていた。しかし、退職後はたまにインターネットで好きな料理のレシピや花の育て方を調べるくらい。スマートフォンを買うことも考えたが、持っている携帯電話でさえ不携帯のことが多いのでやめた。

ツイッターもブログも、インターネットでの買い物もしたことがない。だが、なぜか迷惑メールがたくさん来て困惑することがある。

情報機器は使いこなせれば便利だろうなと思うが、あまりにも激しい変わりようについていけない。いろんな応募も「ウェブから」と書いてあると、諦めてしまう。でも、命に関わる情報がパソコンなどの電子機器からでないと得られないのなら考えてしまう。

コンピュータを始めた頃、エラー音にいちいちびくついていた戦後生まれのおばあさんは今、子どもでも扱える機器が使えず、ＩＴ難民となっている。

生活圧迫する〝増税〟

安倍晋三首相は、消費税率10％への再増税を一年半延期し、総選挙で国民の信を問うことを表明した。しかも景気次第で消費税増税を停止する「景気条項」は撤廃する方針という。

消費税増税法案は民主党政権下、自民・公明との三党合意で成立。それを受け安倍首相が今年（平成二十六年）四月の８％への引き上げを決断し、来年（平成二十七年）十月の再増税の是非を年末に判断するとしていた。それを今回、増税は延期するが必ず実施すると明言した。

四月の増税で多くの国民の生活が圧迫されていることは、新聞等で報道されている通りだ。３％の上がり幅とはいえ、全ての物に３％が上乗せされるので、材料の多い製品や工程の複雑な品物などは値上げ幅が３％にとどまらない。

物価が上がればデフレから脱却できると考えているようだが、賃金が上がらず、高齢化社会で年金生活者が増える現実を考えると、節約せざるを得ない。低所得者も安心して生活できる政治を望んでいる。

平和の誓い、破るのか

二〇一五年の「イスラム国」に関わる一連の事件で、安倍晋三首相の「イスラム国と戦う周辺各国に二億ドルの支援を約束する」という発言が宣戦布告ととられたことは否めない。その結果、二人の日本人が殺され、日本国民は「おまえたちはどこにいても殺される。日本の悪夢が始まる」という恐ろしいメッセージを突き付けられた。

太平洋戦争で殺し、殺される戦争の悲惨さを学び、無念にも犠牲となられた方々に

「二度と戦争はしない」と誓ったのは何だったのか。科学や文明が進んだ世の中でも、貧困や難民はなくならず、武力で統治する行為が繰り返されるのはなぜなのか。

イスラム国の残虐なテロ行為は許されるものではないが、それと戦う国と歩調を合わせると日本はどうなっていくのか。

ある新聞のコラム欄で語られていた報復の連鎖。そこに踏み込むことは、先の誓いを破ることになりはしないか。

進む値上げと少量化

物価の上昇が止まらない。一つの商品の値上げは、他の商品の値上げへと波及する。製造する会社は、値上げに対する消費者の印象を和らげようと、いろいろ工夫しているようだ。

その一つに商品の少量化がある。「少し小さくなった」「袋の中の数が減った」とつぶやきながら、ため息をつくことが増えている。千ミリリットル入りの牛乳パックのパッケージを変え、九〇〇ミリリットルと明記した乳業メーカーもある。これはこれで潔くて気持ちがいい。

一方、少量のパックをありがたく感じることがある。ある店は、ちりめんの小袋を特売日に均一値段で提供してくれる。毎朝、少量を使う私は、無駄にすることなく食べきることができるので重宝している。

小さなパックのおかげで使い切れず、腐らせて捨てることが減少。罪悪感から解放され、冷蔵庫の中もすっきりする。商品の値上げ、近い将来の増税には、自分なりにもうひと工夫の対策が必要と感じている。

非現金化加速に不安

キャッシュレス化が進んでいるという。店ごとに違うプリペイドカードはよく使う。クレジットカードは外国でも使えるし便利だ。しかし、スマートフォン決済の仕組みがよく分からない。

アプリを使って預金口座から精算する方法があるらしいが、ITに弱いので登録や操作でつまずいてしまいそうだ。決済できる店もまだ多くないようでアプリもいっぱいあり、高齢者には理解しにくい。

先日、北欧を旅行した。事前に添乗員さんからは「カード社会なので必ず暗証番号を確認していてください。トイレでカードが必要な場合があります」と言われた。実際、小さな雑貨店でも、ホテルで水を買うときでもカードで払った。

どこでも使えるカードは確かに便利だ。しかし、日本には現金の文化が根強く、信頼度は高い。ＡＴＭ（現金自動預払機）も普及している。あまりに急速にキャッシュレス化となるのもどうかと思う。

六、学生時代の作品

文学を夢見ていた頃

——その頃、私は二十歳になるかならないかの若者だった。当時のことを思い返すと、ギャッと叫んで逃げだしたくなる。青春とは、そういう気恥しい季節なのだろう。——

ある週刊誌で見つけた、五木寛之氏のエッセイの中の一文である。

未知の世界に憧れ、現実からかけ離れた理想の世界を追い求めるのが、私の若かった頃の若者の特性だったように思う。本当に、今思うと恥かしさに顔も上げられず、人様にお見せできるようなものではない。しかし、私は敢えて若い時の作品を、わずかだが提示することで、私の若さ故の恥を振り返りたい。

私は小さい頃から本が好きだった。小、中学校では、図書室で手当たり次第に本を借りて読んだ。高校生になると、さすがに勉強の方が忙しくなり読書量は減った。成人して、自分の家を持つ頃には、トイレや風呂の中でも本を読んだ。そのため、本は湯気でボコボコになるので、読み捨てできる本しか、持ち込まないようにした。

その割には、世に知られている名作、名著の記憶は少ない。高校生の頃に友人と、「芥川龍之介と太宰治と、どちらの作品が好きか」と、話し合った事もあった。海外の作品も読んだが、心に残っているものは少ない。社会や人間の心理について書かれた物が多く、罪悪意識、虚無的・頽廃的等、人生や人間の暗く重い描写が多かったように覚えている。若かったからこそ読めた。自分の中に同じものがあることを認めながら読んだようにある。今は、読み返すことがきつく感じられる。

反対に、『若草物語』や『赤毛のアン』などは、明るく軽いので、中学時代から繰り返し読んだ。これらの作品で、私は、西洋の生活に憧れるようになり、それが学生時代の作品に大きく影響を与えていると思う。

心の奥底にひそむ虚無的なものと、明るい西洋の未知の世界への憧れが綯《な》い交《ま》ぜになった私の青春時代であったように思う。

笛吹き

その黒雲はみるみるうちにヨーロッパを覆った。そして笛吹きの吹くぶきみな笛の音は、ヨーロッパ中にひびきわたったのである。その笛の音につられて立ち上ったのは、ヨーロッパの青年だけではなかった。この音は、アメリカにも、アジアにも、全世界にひびきわたり、青年を立ち上がらせたのである。そして、この黒雲の恐怖は、全世界を覆たのである。

この笛の音は、フランスのある片田舎に、ひっそりと暮していた、ジルの家にも、ひびいてきたのである。そして、その笛吹きの後に、ぞろぞろとついてゆく、青年達の中に、ジルの兄さんの、シャルルもはいっていた。

ある日、シャルルは新聞を片手に、庭いじりをしていたジルの所にやって来た。「ジル、ちょっと話しがあるんだけれど」「ん、兄さん？　悪いけど、ちょっと待っててね、すぐすむから」ジルはふり向きもせず、せっせと球根を植えていた。シャルルはそれ以上、何も言わずに、楽しそうに庭いじりをしている、妹の背を見つめていた。（ジルは僕の決心を聞いたら、どう変わるだろう。今、こんなに楽しそうだが）

シャルルは、すぐには自分の話を聞いてくれない妹を、ちょっとにくらしく思い意地悪く考えた。

満足そうに首を振ると、ジルは、手の土を払いのけ、立ち上がりながら「さあ、すんだわ、兄さん。これで来年もみごとな花を咲かせてくれるわ。ところで、お話しってなーに」とふり向いた。シャルルの手の新聞を、そして、シャルルの顔を見ると、ジルは急に顔をこわばらせた。（あれだわ！）直観的にジルは悟った。そのための態度は決まっているとジルは思っていたから、シャルルが、彼女の変化に気付かぬように「ここじゃ、まずい。裏の窪地に行こう」と言った時も、黙って彼の後に従って行った。しかし、その手だけは、汚れるのもかまわずに、エプロンの端をぎゅっと握りしめていた。

裏の窪地とは、ジルが花の泉と呼んでいる場所だった。確かにそこは花の泉だった。春になると、すみれの花が咲き乱れ、豪華なじゅうたんの様装を呈した。それからは、色彩豊かなパノラマを見るようなものだった。しかし、秋の花も終わり、落ち葉も土色に化し、醜くさを覆いかくす雪にはまだ早い、この季節には、さしものこの谷も、みじめなものだった。むきだしの地面、寒そうに震えている冬枯れの木々、えぞ松の濃い緑でさえも、何か妙に、そらぞらしかった。（十一月って、いやな月だわ）ジルはふと、そう思った。幼い頃から、遊び慣れてきた兄、大きくなるにつれて、互いに悩みをうちあけあう、相談相手だった兄、それなのに、この頃はどうしたというのだろう、彼は、ぱったりとうちあけなくなった。いや、どうしたのか、彼女は知っている。知っているだけに、怖ろしいのだ。シャルルはあのことを考えているのだ。彼女には、シャルルが何を言いたいのか、よくわかっている。そして、それに対する自分の態度も、はっきりしているつもりだった。だから、小さいころから、ジルの腰かけ、シャルルの腰かけ、と決まっている、苔むした岩の上に、坐った時、二人は何も言わなかった。ふいに、ジルは顔を上げて、シャルルの青い地中海の海を思わせるような彼の瞳を見つめた。シャルルも彼女を見つめた。その時、ジルは、自分の決心が、音をたてて崩れていくのを感じた。（シャルルは行く、行ってしまう。そんなこと、あたしには耐えられない。耐えられそうにないわ。）苦悩がジルの瞳をよぎった。（でもあたしには耐えられそうだ、いえ、耐えられることがわかっている。耐えなければならないのだわ。でも、でも、もしかしたら……）

ジルは、すがるように、兄を見上げた。しかし、兄の輝く瞳を見ると、もう何を言っても、無駄だと悟った。彼女は、兄を見つめたままわずかに、うなづいた。

「では、わかってくれたんだね。ジル。僕が行かなければならないと言うことを。今こそ僕達が立ち上がる時だってことが」シャルルはほっとしたように言った。しかし、ジルには、気にかかることがもう一つあった。「だけど、だけど、兄さん、ママはどうなるのママは。耐えられるかしら」とジルは苦しそうに言った。シャルルもそれが気になっていた。彼は、おずおずときりだした。

「うん、それでお前に先に話したんだよ。今夜話すときに僕の弁護をしてもらいたくてね」

「今夜ですって？　そんなに早く、だって入隊するのはまだずっと先きなんでしょ？」

「いや、一週間後だ」

「一週間？　おお！」

ジルは顔を覆うと、その場につっぷした。シャルルは、苦しそうに顔をそむけた。しかしやさしく妹の背を抱いて、「ね、わかっておくれ、ジル。わかっておくれ」

ジルはかすかにうなづくと、「お願い、お願いだから兄さん、しばらく一人にさせて」シャルルは、素直に何もいわずに、その場を立ち去った。後に残ったジルは、しばらく煩悶していたが、やがて決心したように立ち上ってそこを去った。

その夜、ジルはいつにもまして賑やかだった。彼女の笑い声は家中にひびきわたり、何も知らない母親は、そんな彼女がうれしそうな様子だった。

いつものように夕食後の団らんの時がやってきた。ママはゆりいすに腰かけ、子猫を膝にのせ、くつ下などを編むのが常だった。そしてシャルルが、その日のでき事をママに話して聞かせるのを聞いているのだった。しかし、珍しくシャルルは黙っていて、その上ジルが、音程の狂ったピアノをひいていた。ピアノの音は、妙にうつろに、家中響きわたった。やっと一曲終わった時、シャルルは、ママの方を振り返って言った。

「ママ、実は僕………」その声にジルは、はじかれたように立ちあがった。シャルルは、いやなことは、早くすませようと、早口に言ってのけた。ジルがおちつきなく、家の中を歩き回る音が響きわたった。ママはしばらく、茫然とシャルルを見つめていた。シャルルは辛かった。ママが、今にも気絶するか、金切り声を上げるかと、びくびくしながら待っていた。（ママが泣いて頼んだら、僕は、やめるかもしれない。……いや、やめてはならないんだ。だけど、ママ、何か言って。ママ）ジルはジルでママへの同情の気持ちと、シャルルの信念にはさまれて苦しんでいた。しかし、ママは何も言わなかった。ただ、その目によって、いかに彼女の苦悩がはげしいか、さいなまれている様子を知るのみだった。ついに、ジルは、何か言わなければと、兄が自分にそうしたように、やさしくママの肩に手をおいて言った。「ママ、兄さんは偉いのよ、誰にも強制されずにしたのだから」しかし、心の中では、その矛盾に苦しんでいた。口では、兄の弁護をしながら、心ではママに反対してもらいたくて、闘争を続けていた。

ママは、それには何も答えずにそっとジルの手を肩からのけると、静かに言った。「ほんとにえらいわ、シャルル、やっぱりお父様の子ですよ」（なんてことを、反対しなさい。おお！　反対するのよ。）しかし、ママは、振り切るように立ち上がると、なんとも言えぬ目つきで、シャルルを見、「ママ、ちょっと疲れたから、先に休ませてもらうわ」と足早に立ち去った。シャルルはその目つきに、胸をぐさりとさされた思いがした。ジルも、むしろ、ママに泣かれた方が、これほど、辛くないだろうと思った。

次の朝も、ふだんとは少しもかわらなかった。しかし、シャルルはいつも、ママやジルの目を背後に感じていた。何度折れそうになったか。しかし、シャルルは、がんばった。みんなつとめて、何んでもないふうによそおった。互いにたまらなくなると、それぞれの城に逃げこんだ。ジルは窪地に、シャルルは部屋に、ママは、父の写真の前に。

そしてシャルルは予定通り、一週間後に出発して行った。笛吹きの吹く笛の音はますます高く、強く、響きわたり、死の踊りは続けられたのである。

大分県立大分上野丘高等学校『青窓』33巻に掲載

詩

終りなき鎮魂歌

深い地の底を奈落とよぶように、碧落とは、雲の涯の遠い天の奥処をさすことばだと、だれがはじめにいったことだろうか。

――終りなき鎮魂歌――藤井重夫

空がこんなに青くなると

私は
碧落に
消えていった人のことを思い出します

あれから一年
めぐりめぐった月日を
私は
せいいっぱい生きてきました

そして今
私はあの人のいる碧落へ
ゆこうとしています

波に漂う雲をふみ
私の躰が
海の青さに染まる時

私は
碧落の中にとけこむのです

そして
海は
朝な夕なにかき鳴らすでしょう
私とあの人のための
終りなき鎮魂歌を

碧落に向かって

逆行

そこは大きな蒼空と
緑の草原だった

ヒポコンデリーにかかったような
ねずみが一匹
のろのろと
視界をよぎった

太陽はつめたく輝やき
無感動の中を
時は流れ去る
永遠の沈黙の支配する中を
動くものは
ただ
ヒポコンデリーのねずみ
一匹

時の流れに逆らい

ひたすらに
過ぎ去った日々にむかって
歩きつづける
燃えるような
生を求めて
あの日に向かって

そこは大きな蒼空と
緑の草原だった

大分県立大分上野丘高等学校『青窓』34巻に掲載

子牛

ジャン、ジャン、ジャン、ジャン……。

山くずれの危険を告げる半鐘の音が、村じゅうにひびきわたった。昨夜の台風のためにこわされ、流され、埋もれている農家の復旧作業にあたっていた人々は、くもの子を散らすように川向こうの安全な場所に逃げはじめた。

生き残った村人たちや自衛隊員の中にまじって、子供たちも、何やら叫び声をあげたり泣きわめいたりしながら逃げていった。

一人の自衛隊員が、半分土砂で埋まった家畜小屋のそばを通りかかった時だった。その土砂のかげから、かすかにモウーと鳴く牛の声が聞こえてきた。彼はおや！というようにわずかに眉を上げると急いでその土砂の後ろに回ってみた。すると一頭のまだ成長しきらない子牛が、後足から腰にかけて土砂に埋もれ身動きできないようすで悲しげにじっと彼を見つめていた。彼は急いで牛のそばに近寄った。子牛は、つぶらな黒い瞳を輝かせて、うれしそうに鼻づらを寄せてきた。彼は二、三度、軽く子牛の頭をたたいて、

「かわいそうに、おまえも犠牲者の一人か」とつぶやいた。

それから子牛のくつわを強くひっぱった。しかし、土砂は子牛の腰までもあり、前足も泥の中に少しはまっていて、不安定なようすだった。彼は両手で子牛のまわりの土砂をいそがしくかきわけながら大声で叫んだ。

「おーい、だれかきてくれ！　牛が砂の中に埋まってるんだ。おーい！」

二、三人の自衛隊員がかけてきた。そして子牛を見ると口々に同情の声をあげた。

「やあ！　かわいそうに、腰までも埋まってら！」

「まだ、子牛じゃないか」

一人は黙って肩をすくめると、最初の自衛隊員の隣に膝をつき、彼と同じように砂をかきわけ始めた。彼らは砂をかきわけ、くつわを引っぱり、そして砂をかきわけ、くつわを引っぱった。泥に汚れた腰が出てきた。その次に右の後足が。しかし左足はみんなが引っぱると、子牛は悲鳴をあげた。彼らはまた、砂をかきわけ始めた。砂をかきわける。くつわを引っぱる。悲鳴をあげる。砂をかきわける。くつわを引っぱる。悲鳴をあげる。砂、くつわ、悲鳴のくり返しだった。もうずいぶんたったように思われた。

ジャン、ジャン、ジャン……

また鐘がなりわたった。もう時間がなかった。

ジャン、ジャン、ジャン……

鐘は彼らをせたきてるように続けざまになった。二度目の鐘を聞くと、一番最初に来た自衛隊員は、決心したように立ち上がった。そして、あたふたと姿を消した。それを見ると、残った人たちも、ちょっと顔を見合わせていたが、すぐに言い合わせたかのように逃げ始めた。彼らは後をふりかえり、ふりかえり川向こうへ駆けていった。するとその時、姿を消したはずの男が、両手にとうもろこしをいっぱいかかえてやってきた。

彼は端にちょっぴり泥のついているとうもろこしを子牛の鼻先につきだして、じっとその黒い瞳を見つめた。澄んだ目だった。つぶらな目だった。それは安心しきっているものの目だった。その時、どっどっどーと山くずれの音がした。彼はびくっと肩をふるわした遠くでだれかが何やら叫んでいた。彼は唇をぎゅっと一文字に結び、こぶしをにぎりしめくるりときびすを返すと、駈けだした。

背後に子牛の目をかんじた。子牛の弱々しいモウーという鳴き声がした。彼はいっそう足を速めた。川を渡る時、もう一度、鳴き声が聞こえたように思われた。彼はふりかえって子牛の角が土砂の上につきでているのを見た。彼は川を渡った。背後にどっどっどーという、山くずれの音をきいた。川を渡り終わると彼はふたたびふりかえって見た。そこには、もはや子牛の角は見られなかった。新たにえぐりとられたがけから、小石がパラパラ落ちていた。そして、秋の青い空が空間をしめていた。

大分県高文連文芸部『高校文芸』16巻に掲載

短歌

うつせみの命なければ何あらんいのちあるこそもの思ひけれ
濡れそぼちうちしほれたる山つつじいよいよ赤く雨染み入りぬ
大分大学文芸部『坩堝』創刊号に掲載

詩

秋

秋はかなしい季節です
秋はさびしい季節です

私は常緑樹
あなたがたは落葉樹

かろやかな足音とともに秋は去つてゆきます
あなたがたはその確実な歩みを進め
その熱い命を燃やし
そして
去つてゆきます
枯れ葉のかろやかな踊りと
たくましい未来への希望とを残して
去つてゆきます

秋がさびしいのは
秋がかなしいのは
あなたがたが去つてゆくからではありません
ひがみつぽく、くすんだ緑を

老いた年の中にさらした私たちが
残るからです
歩みに遅れた私達のかなしさ
ついてゆけないもののひがみとさびしさで
秋は埋めつくされているからです
ひねこびた若々しさ
あてもない私たちの迷い
時間の中の放浪

秋のすべてのかなしさは
取り残された常緑樹のかなしさです

青空

今日も青空が見えます

紺碧の青空が見えます
大空いつぱいにたつぷりと広がつた青空です

でも
じつと見つめていると
その奥にくもりが感じられるのはをぜでしようか
なんとなく重苦しさを感じてくるのはなぜでしようか

青空は泣いているのです
碧落のかなたで青空は
こつそりと泣いているのです
青い慟哭です

それはきつと青空が
あまりにも青すぎるからでしよう
それとも

私の目の迷いなのかもしれません

大分大学教育学部文芸部『るつぼ』VOL．2に掲載

あとがき

――人生はじゃんけん――

七十歳になった。

なぜ、今、本を残す気持ちになったのだろう。姉は、六十三歳で肺がんを宣告され、遠くない死を感じ、三冊の本を残した。死を前にして、平凡だが自分の人生を、自分を愛してくれた周りの人々へ残したかったのだろう。三冊の本は、姉の遺言書である。

　私の人生も平凡である。よくある普通の人生だ。今、この世に生きている人々、すでに亡くなった人々、みんな、それぞれの人生を生きている、もしくは、生きてきた。歴史に残る人生を生きた人々は、それなりに社会に、歴史に刻まれている。ひとり、ひとりの人生は、その人にとっては特別だが、宇宙の時空の中では、普通のことだと思う。

信じられないような過酷な運命に出会って、悲惨な最期をとげる人も多くいるのは、事実だ。そのような方々の人生については、ここでは語れない。年々、残虐な事件、殺人・暴行・虐待が増えているのも、社会全体で憂慮すべき事だと考える。

「もし、神様が、人生をやり直す機会を与えてくれたら、あなたはどんな人生にしたいですか」と尋ねられたことがある。若い時は、それなりに夢があったが、五十歳を超えた頃から、「多分、同じ人生を繰り返すだろう」と思うようになった。

私には、形ある神は信じられない。キリストも、モハメッドも、お釈迦様も、不遜だが神とは思わない。ただ、彼らは、人の生きる道を、宇宙や自然界の摂理から学び、人々に伝えてくれたのだと思う。私は宇宙にある摂理は信じている。と言うより感じている。世の中にふりかかる、ミクロに言えば私にふりかかる良き事、悪しき事、全て宇宙の摂理で起きている事だと感じる。

じゃんけんに絶対王者はいない。相手の手の形、こちらの手の形で勝ったり負けたりする。人生も同じである。こちらの手の形だけを押しつけても勝てない。相手の形を予測して自分の形を考え、時には相手に合わせたり、強気に勝ちにいったりする。人生は、勝ったり負けたりするじゃんけんのようなものである。

キリストも、首相も、隣のおじさんも、そして私も、特別な人生を生きている訳ではない。しかし反面、宇宙の摂理の中で、自分だけの人生を、運命を、生きているのだ。

そんな普通の人生を歩いている私が、本を残す理由はこれも私の人生に示された摂理だと感じる。

本書は、新聞投稿・掲載文をはじめ、学生時代から書きためたものをまとめました。

終わりになりましたが、この本を出版するに当たって、的確なアドバイスや提案を示して下さった、文芸社の編成企画部、高橋侑樹さんと、編集スタッフに、心より御礼を申し上げます。

令和二年　三月

大鶴かずみ

著者プロフィール

大鶴 かずみ（おおつる かずみ）

1949年、大分県生まれ。

大分大学教育学部教育心理学科卒業。

1972年から大分県立の公立小学校に勤務。

2010年に退職するまで、７校の学校に勤務。

途中1998年、文部省教育海外派遣（短期）でイタリアのフィレンツェの学校訪問。

その外、在職中にオーストラリアのマッコーリー大学、アメリカのサルベレジーナ大学外、短期の語学留学を体験。

現在は夫と二人で趣味の生活。

おひとりさま家族

2020年３月15日　初版第１刷発行
2022年12月25日　初版第２刷発行

著　者　大鶴 かずみ
発行者　瓜谷 綱延
発行所　株式会社文芸社
〒160-0022　東京都新宿区新宿１－10－１
電話　03-5369-3060（代表）
03-5369-2299（販売）

印　刷　株式会社文芸社
製本所　株式会社MOTOMURA

ISBN978-4-286-21413-9